TONI ROBERTS

DER GEHEIMNISVOLLE BRIEF

Roman

AF210990

Originalausgabe

Copyright © by Robert Schmidt

Herstellung: Books on Demand GmbH

Die Welt des historischen Romans bei www.toniroberts.de

ISBN 3-8311-3848-6

DER GEHEIMNISVOLLE BRIEF

Zeit und Orte der Handlung :

Sommer 1698

Jena,

die Lande Sachsen –Weimar

u. –Altenburg

und Dresden (Kursachsen)

Die Botschaft des Schweden

Die Geschichte begann in einer warmen Juninacht. Weit offen standen die Fenster einer Dachkammer. Von unten drang ein wüstes Geschrei herauf, dem das wohlbekannte Geräusch sich kreuzender Degen folgte. Zunächst hatte der junge Mann nur ein Gelächter in der Gasse gehört. Er hatte ihm weiter keine Aufmerksamkeit geschenkt. Bis spät in die Nacht zogen die Betrunkenen unter seinem Fenster vorbei, denn wenn es etwas in Jena mehr als genug gab, dann waren es Wirtshäuser zum einen und Studenten zum anderen.

Als jedoch dem Streit ein blutiger Ausgang drohte, ließ Heinrich Gänsekiel und Papier liegen und stürzte zum Fenster. Verflucht! Durch das Vordach war die Straße nicht einzusehen. Es blieb dem jungen Mann keine Wahl, wollte er Schlimmeres verhüten. Heinrich ergriff Degen und Rapier, warf sich den Mantel über, pustete den Leuchter aus und wandte sich der Tür zu. Schon beim Verlassen der Dachkammer verwünschte er das voreilige Ausblasen der Kerzen.

Denn wie immer hatte er vergessen, wie finster es auf der engen Stiege war, die steil von seiner Dachkammer hinabführte. „Verdammt", murmelte er, „hätte ich doch nur den Leuchter mitgenommen." Doch dafür war es bereits zu spät. Vorsichtig stieg er in die Tiefe des Hauses hinein. Ganz unten, da war ein Querbalken, dort galt es aufzupassen. Doch da stolperte er auch schon. Gerade noch rechtzeitig gewahrte Heinrich im Halbdunkel den großen Deckenbalken und riß geistesgegenwärtig den Arm hoch. Er spürte einen stechenden Schmerz - dann stürzte er ins Nichts.

*

Heinrich machte die Augen auf. Es war dunkel. Die Erinnerung kehrte sofort zurück. Er lag in der Ecke einer Holzdiele. Heinrich kannte den Gang, der vor ihm lag. Er war lang und schmal. Vorn, wo die Treppe zur Haustür führte, stand eine schwere Eichentruhe. Heinrich blieb liegen und horchte in die Nacht hinaus. Draußen schien alles ruhig - kein Laut war zu hören. Nur in der Ferne maunzte eine Katze. Als schließlich die Uhr von St. Michaelis schlug, erhob sich der junge Mann. Halb, zählte Heinrich. Gewiß war es nach Mitternacht.

Im Haus schien alles fest zu schlafen, denn offensichtlich hatte seinen Sturz niemand bemerkt. So schlich Heinrich hinab zur Haustür, langte in die Manteltasche und holte den Schlüssel heraus.

Eine angenehme Kühle umfing ihn. Der Platz vor dem Haus lag still und verlassen. Nichts deutete darauf, daß hier ein Kampf stattgefunden hatte.

Aber was schimmerte da auf dem Pflaster. Blut? Es war Blut! Also doch. Heinrich sah, daß die Blutspuren in eine bestimmte Richtung führten. Ihm war nicht wohl zumute bei dem Gedanken, was ihn erwarten könnte. Wenn es unter dem Studentenvolk zu Auseinandersetzungen kam, wurden diese nicht selten mit der Sprache der Klingen beendet.

Für solcherlei Streit zeigte der brave Bürger wenig Verständnis. Der leeren Kampfstätte noch weitere Beachtung schenken? Nein! Um Gottes Willen bloß ins Haus zurück. Hier gab's nichts mehr zu tun. Nicht so der junge Student. Er selbst hatte schon oft die Klinge geführt, ja, er nahm sogar jetzt noch Fechtstunden bei dem berühmten Kreußler.

Heinrich ging also nicht zur Haustür zurück - obwohl die Rechte immer noch den Schlüsselbund umkrampfte - sondern nahm die andere Richtung, die Straße hinauf.

Hinter der Stadtkirche stand ein älteres baufälliges Haus, umrankt von dichten Weinreben. Der Eingang - ein von Moos überwuchertes Hoftor - lag etwas tiefer. Davor wuchs dichtes Holundergestrüpp. Heinrich erschien der Ort geradezu gespenstisch. Er beeilte sich das Haus hinter sich zu lassen, da geschah es. Ein seltsames Geräusch unterbrach die Stille der Nacht. Ganz leise - aber unverkennbar. Zwischen den Holunderbüschen bewegte sich etwas. Ein schweres Röcheln klang zu ihm herüber. Heinrich verdrängte seine Angst. Mutig schritt er auf das dunkle Haus zu.

Im fahlen Licht gewahrte er schließlich einen Mann. Sein Oberkörper lehnte am Tor. Er nahm Heinrich kaum wahr - das Gesicht glänzte von Schweiß und Blut. Krampfhaft hielt er sich das linke Bein, so als wäre es verwundet. „Sieht ernst aus", sagte der Student. „Ihr übertreibt, junger Freund", antwortete der andere. Sein Akzent verriet einen Nordländer.

„Woher seid Ihr?" fragte ihn Heinrich. „Aus Schweden. Aber das ist eine lange Geschichte", ächzte der andere. „Hier bleiben, könnt ihr jedenfalls nicht", entschied Heinrich. „Ich bringe euch hier weg."

Der Student versuchte den Schweden nach oben zu ziehen. Da dieser recht kräftig war, hatte er seine rechte Mühe mit ihm. Im Schein einer Straßenlaterne bemerkte Heinrich die fahle Blässe, ja, das ganze Ausmaß der Verwundung des Schweden. Er schien viel Blut verloren zu haben. „Ihr müßtet wohl zu einem Doktor, guter Mann." „Nein, keinen Doktor", entgegnete der andere unwirsch. „Aber so werdet ihr verbluten." „Mein Gott!" höhnte er, „Ich habe dem Tod schon oft getrotzt, junger Mann..." Weiter kam er nicht. Er hustete und Heinrich war sich nicht sicher, ob er auch diesmal dem Tod trotzen würde. Darum entschied er recht schnell.

*

Ambrosius Bayer wunderte sich sehr, als er ein lautes Klopfen an der Haustür vernahm. Sicherlich hatte Fabarius wieder den Schlüssel vergessen. Das sollte ihm nur noch einmal passieren, dann würde er ihn rausschmeißen. Zweimal schon hatte ihm der Sohn aus gutem Hause auf die Schwelle gekotzt. Und neuerdings stellte er auch noch seiner Tochter nach. Wenn er nur nicht auf das Geld angewiesen wäre.

Ambrosius entzündete den Leuchter. „Was ist?" fragte schlaftrunken seine Frau. „Was soll schon sein", erwiderte er mürrisch. „Der vorlaute Herr Studiosus wird's sein." Und beim Verlassen der Kammer flüsterte er noch zu sich selbst: „Mit dem werde ich ein Hühnchen rupfen müssen." Langsam schlurfte er zum Flurfenster, um es zu öffnen.

Sehr zu seinem Erstaunen war es ganz und gar nicht der Student Fabarius, der zu dieser unchristlichen Stunde an die Tür seines Vermieters Dr. Ambrosius Bayer pochte. Dieser lag längst brav und sittsam in seinem Bett und schlief den Rausch aus, den er sich im Burgkeller angesoffen hatte.

Nein, unten auf dem Pflaster stand - Ambrosius erschrak leicht - ein nahezu groteskes Paar. Der eine, ein junger Mann, stützte einen anderen. Dieser schien verwundet, was den alten Mann besonders erschreckte. Er zeigte sich jedoch nicht minder erstaunt als er in dem jungen Mann, Fabarius´ Zechkumpanen, den jungen Freiherrn und Reichsritter Heinrich von Görtz erkannte. „Er braucht eure Hilfe, Gevatter Bayer", rief der Student hinauf. „Man hat ihn vor meinem Fenster überfallen. Er hat viel Blut verloren. Schnell Doktor Bayer, uns bleibt nicht mehr viel Zeit."

Gewiß, oft war der alte Medicus ungehalten, nicht zuletzt wegen Fabarius´ Trunksucht, doch besaß er ein gutes Herz. Darum eilte er die Treppe hinab zur Pforte."

*

Mit Bayers Nachtruhe war es nun vorbei. Er hieß Görtz, den Verwundeten in eine Kammer zu tragen und ihn auf eine Pritsche zu legen. Dort untersuchte er zunächst die Wunden des Schweden. Sie waren nicht weiter gefährlich bis auf einen mächtigen Hieb, der tief in den linken Oberschenkel gegangen war.

Der Doktor wusch die Wunde mit Alkohol aus und legte dann einen Verband an, um das Blut zu stillen. „Will sehen, ob wir ihn durchbringen", murrte er. Der Schwede sagte die ganze Zeit kein Wort. Er war gewohnt Schmerz zu ertragen. Heinrich sah, daß er nicht mehr von Nöten war und wandte sich zum Gehen. Mit seinen Gedanken schon längst bei dem wohlverdienten Schlummer, drehte er sich ein letztes Mal in der Tür um. „Gehabt euch wohl. Mehr kann ich nicht für euch tun."

„Wartet!" krächzte dieser, als er gewahrte, daß der junge Mann in der Schwelle stand. Seine Augen weiteten sich sonderbar; die Pupillen wirkten seltsam starr. Heinrich fürchtete den Tod des Schweden, doch dieser starb nicht. Seine blutverkrusteten Hände fuhren zitternd in das

Innere seines Mantels hinein. Er kramte eine Rolle hervor.

„Nehmt diese Schrift", sagte er zu Heinrich und streckte ihm das Papier hin. „Nehmt sie. Bringt sie Weigel."

„Gleich Morgen", nickte der Student beruhigend.

Der andere bäumte sich auf. „Ihr habt nicht verstanden. Beeilt euch. Brecht unverzüglich auf. Die Sache duldet keinen Aufschub." „Wißt ihr, wie spät es ist?!" fuhr Heinrich entsetzt zurück. „Seid unbesorgt", winkte der Schwede ab, „ihr werdet erwartet."

Der Doktor nickte schweigend, als ob er damit andeuten wollte, daß Heinrich diesen letzten Wunsch respektieren sollte.

*

Lange schon verwünschte der junge Görtz jenen Augenblick, an dem er sich entschieden hatte auf die Straße zu eilen. Ihn beschlich ein ungutes Gefühl. Baldigen Schlaf - das konnte er sich wohl aus dem Kopf schlagen. Daß der alte Professor Weigel mit jenem Schweden zu schaffen hatte, war kein gutes Zeichen. Und stand es ihm an, als Edelmann Botendienste zu leisten? Frechheit! Wenn es nicht die Bitte eines Schwerverwundeten gewesen wäre...

Obwohl Heinrich das Äußere des Weigelschen Hauses wohlvertraut war, beunruhigte ihn zum ersten Male das, was dahinter lag. Wer kannte nicht die Geschichten, die man von dem Wunderhause erzählte. Es hieß, der Professor könne am Tage die Sterne sehen. Einige böse

Zungen behaupteten, der alte Gelehrte hätte sich mit dem Teufel eingelassen, doch steckten wohl mehr Neid und Mißgunst hinter solchen Reden.

Als Heinrich das Haus erblickte, erschien es ihm seltsam anders, ja verändert. Oft war er am Tage hier vorbeigekommen und auch bei Nacht, wenn er mit Fabarius im Burgkeller dem Bier zugesprochen hatte.

Heinrich dachte an das blutbefleckte Manuskript in seiner Linken. Ihn schauderte. War es vielleicht dieses Schriftstück, das den Schweden ins Verderben stürzte?! Der Student schlug vorsichtig die Blätter auseinander. Skizzen und Formeln, dies war alles, was er auf den ersten Blick gewahrte. Ohne Zweifel, diese Schriften konnten nur für einen Wissenschaftler bestimmt sein.

Nun hatte ihm der Schwede jedoch verraten, daß er Offizier im Dienste seines Königs sei. In diesem Zusammenhang erschien es Heinrich allerdings merkwürdig, warum ausgerechnet ein Kriegsmann der Überbringer dieser Schriften sein sollte.

Da fiel - der Zufall wollte es - eines der Blätter zu Boden. Heinrich hob es auf und schob es wieder zu den übrigen... Doch halt! Im letzten Augenblick hatte sein Blick ein Siegel erhascht. Das war doch... da war doch das schwedische königliche Siegel.

Es brauchte nur drei Zeilen und der junge Mann begriff, daß es sich hier nicht um naturwissenschaftliche Aufzeichnungen, sondern um einen Lageplan der schwedischen Einheiten im Baltikum und eine Skizze der Befestigung der Stadt Riga handelte. Eine saubere präzise

Handschrift war immer wieder durch das Gekrakel einer schnellen und eiligen Feder ergänzt. O Gott, in was war er da nur hineingeraten? Heinrichs fühlte den Schweiß an seinen Händen kleben.

Vor sich erblickte er das Gespensterhaus in der Johannisstraße. War Weigel etwa..? Unmöglich... Die ganze Sache stank fürchterlich nach Hochverrat. Doch er hatte dem Schweden sein Versprechen gegeben. Da Versprechen eines Edelmanns.

Ehe er sich versah, stand er vor der schweren Eingangspforte des Hauses. Als er daran klopfen wollte, öffnete sie sich - sehr zu seinem Erstaunen - wie von selbst. Heinrich versuchte die aufkommenden Gedanken an Spuk und faulen Zauber zu verdrängen. Wahrscheinlich hatte der Hausherr vergessen abzuschließen und die Tür nur angelehnt. Vielleicht tat er es auch bewußt, in Erwartung seines späten Besuches.

„Guten Abend, Ist dort jemand?" Sachte versuchte Heinrich die schwere Tür hinter sich zu schließen. Es gelang allerdings nicht. Ehe er es noch verhindern konnte, fiel sie laut und schwer ins Schloß. Er erschrak. Er als Einbrecher - das hatte ihm gerade noch gefehlt.

Er blickte ins Dunkel der Diele hinein und gewahrte einen hellen Schein, der sich rasch näherte. Heinrich schnürte es die Kehle zu. Am liebsten wäre er auf der Stelle umgekehrt. Doch seine Hände umkrampften immer noch jenes Manuskript. Das oberste Blatt war nun jenes Geheimpapier, das Heinrich entdeckt hatte. Er überlegte kurz - jemand trat mit einer Kerze durch eine offene Tür

14

am anderen Ende der Diele - dann ließ er das bewußte Papier in die Tasche gleiten.

*

Das Licht der Kerze ließ den Schatten der Person lang und gespenstisch erscheinen. Es war eine Frau. Anders als ihr Schatten war sie eher klein und machte einen verhärmten Eindruck. Sicherlich die Wirtschafterin Weigels. Heinrich verneigte sich und deutete auf das Manuskript. „Folgt mir", sagte die Frau, „der Professor erwartet euch." Es klang ruhig und bestimmt. Er wurde also tatsächlich erwartet.

Sie schritten durch die Diele, durchquerten zwei Räume, bis die Frau Heinrich in eine kleine Kammer führte. Diese maß nicht mehr als drei mal drei Schritte. Die Frau trat zurück, wobei sie kurz lächelte: „Wartet hier."

Sie hatte die Worte kaum ausgesprochen, als etwas Unvorhergesehenes geschah. Heinrich hatte das Gefühl, daß ihm der Boden unter den Füßen verschwand. Die kleine Frau wurde größer und größer. Erst jetzt bemerkte er, daß er mitsamt der ganzen Kammer in die Erde hinabfuhr. Es wurde dunkler und dunkler, bis das Licht des Leuchters ganz erlosch.

Heinrich versuchte den absurden Gedanken zu verdrängen, der ihm den alten Professor als einen gehörnten Satan zeigte. Wenn nur nicht diese entsetzliche Finsternis wäre. Da, endlich kehrte das Licht zurück. Doch es war nicht die Hölle, die ihn erwartete.

Vor ihm breitete sich ein geräumiger Gewölbekeller aus. Er trat aus der kleinen Kammer heraus. In der Mitte war ein Tisch, an der zwei Personen saßen; eine dritte eilte auf ihn zu. Der Professor.

Weigel machte ein erstauntes Gesicht. „Ihr Görtz?!" Noch bevor Heinrich sich erklären konnte, unterbrach ihn der Professor. „Wie kommt ihr denn hierher?" flüsterte er. „Was ist mit Nils Rondstedt?" „Wenn ihr den schwedischen Offizier meint - er wurde in ein Handgemenge verwickelt und verwundet. Dies", Heinrich überreichte dem Professor die Rolle, „bat er mich, euch zu geben." Weigel bemerkte sofort das Blut, das an dem Schriftstück klebte."

Die Augen des alten Weigel nahmen einen sonderbaren Ausdruck an wie sie Heinrich vorher noch nie bei dem Professor gesehen hatte. „Ihr seid da in eine höchst verfängliche Situation hineingeschlittert, Görtz. Und ich fürchte..." Er zögerte einen Augenblick. „Und ich fürchte, ihr könnt nicht mehr zurück. Seht mich heute nicht als euren Lehrer, Reichsritter Görtz, sondern als Bittsteller. Ich frage euch, wollt ihr zu Ende bringen, was ihr einmal begonnen habt?" Heinrich mußte sofort an das geheime Papier in seiner Manteltasche denken, doch eine innere Stimme hielt ihn davor zurück, es Weigel zu übergeben.

„Ihr könnt auf mich zählen, Professor, wenn ihr das meint. Doch muß ich euch gestehen, daß ich glaubte, nach meiner Mission als Bote nun entlassen zu sein."

„Dem ist keinesfalls so, Görtz", entgegnete Weigel, „Es sei denn, ihr wollt ein junges Leben ins Unglück stürzen.

16

Schließlich ist es nur die Bitte eines alten Mannes." „Ich habe es geahnt", seufzte der Student.

„Ihr gehört nicht zu denen, die auf halbem Wege stehenbleiben?" „Nun denn, dann laßt uns keine Zeit verlieren." „Wohl gesprochen, Görtz. Ihr seid Protestant?" „Im Gegensatz zu euch habe ich die Glaubenskriege nicht erlebt." „Aber ihr halft einem Schweden." „Nein, ich half einem in Not Bedrängten."

„Das wollt ich wissen, Görtz. Ihr seid der richt'ge Mann." „Dann erklärt euch endlich", erwiderte Heinrich nervös. „Nun neben Preußen, bietet auch Schweden Glaubensflüchtlingen eine sichere Burg. Ich nenne euch nur Descartes, der zuletzt am königlichen Hofe zu Stockholm diente." „Oh ja, Descartes. Ihr spracht oft über seine Lehren. Ein Vordenker, moderner Wissenschaft." „Ohne Zweifel, Görtz. So wie er sich damals gezwungen sah, Frankreich zu verlassen, verlassen viele geistige Köpfe dieses Land." „Die Hugenottengesetze des Ludwigs." „Frankreich wird diesen Schritt noch in Jahrhunderten bereuen."

„Laßt mich raten, geehrter Professor. Ich soll euch helfen, zwei Hugenotten sicher nach Schweden zu bringen. Nur sag ich's ehrlich, die beiden haben weder in Kursachsen und erst recht nicht in den ernestinischen Landen etwas zu befürchten." „Ihr seid ein rechter Spaßmacher, Görtz. Nein. Ihr sollt niemanden zu den Schweden bringen. Aber Reisen kann teuer sein und auch andere Gefahren lauern unterwegs.

Nils Rondstedt sollte meine beiden Gäste sicher nach Stralsund und von dort aus nach Stockholm geleiten. Wir müssen nun solange warten, bis er wieder gesundet. Jedenfalls bitt ich euch, spielt jedenfalls für diesen Abend den Mann, den ihr gerettet habt. Ich fürchte ernsthaft um die Gesundheit der jungen Frau. Wir sollten heute nicht mit Schauergeschichten aufwarten. Sie hat, wie mir scheint, genug durchgemacht."

Heinrich nickte schweigend. Der Professor seufzte. Dann überflog er das Manuskript. Sein Gesicht verzog sich dabei hin und wieder zu einem leichten Lächeln.

'Merkwürdig diese Einfalt. Er scheint nichts zu vermissen... wunderte sich der junge Mann. Er zog die Hand, die das geheime Blatt berührte, wieder aus der Manteltasche.

Weigel schien's zufrieden, legte das Manuskript neben eine Apparatur und sagte augenzwinkernd zu Görtz.: „Nun denn, kommt zu Tisch. Wir haben schon genug Zeit verplaudert."

Der Fluch der Hugenotten

Heinrich wußte nun endlich, daß diese Nacht für ihn zum Tag geworden war. Im Stillen beneidete er Fabarius, der in seliger Ruhe seinen Rausch ausschlief. Derweil mußte er hier Theater spielen. Über die Gäste des alten Weigels war er bereits im Bilde. Sie kamen beide aus Frankreich, wohl mit den letzten Hugenotten, die das Land des Sonnenkönigs verlassen hatten.

Die Frau war Anfang zwanzig. Auffallend war eine fahle Blässe, die ihr Antlitz im Schein der Kerze überspannt und ausgelaugt erscheinen ließ. Es war anzunehmen, daß die vergangenen Wochen für das Mädchen alles andere als ein Spaziergang waren. Sie nannte sich Katherine de Vitè. Über ihre Lippen kam kaum ein Wort - das Reden überließ sie vielmehr ihrem Begleiter.

Heinrich hatte den korpulenten Mann, so um die Mitte vierzig, zunächst für ihren Verwandten gehalten. Es stellte sich jedoch bald heraus, daß er ein Weinhändler war, der mit dem Vater Katherines sehr gut befreundet war. Jedenfalls gab er sich als ein solcher aus.

Der Vater lebe schon lange nicht mehr und nun, da auch noch die Mutter gestorben, erwies er sich als Freund und Wohltäter der jungen Waisen. Er hatte dem Mädchen die Flucht ermöglicht - angeblich stand er in einer langen Schuld der Familie Vitè. Sein Name war Claude Neville. Heinrich gefiel dieser offensichtlich stark schwitzende Mann nicht, auch wenn er große Worte machte - irgend etwas schien faul an ihm zu sein. Seine Augen blickten nicht ehrlich. Irgendeine Unruhe flackerte in ihnen. Weinhändler war der nie und nimmer.

Der junge Student erfuhr zu seinem Erstaunen, daß Katherine eine Nachfahrin des berühmten Gelehrten Descartes war. Nicht zuletzt war der alte Weigel ein kühner Verfechter der Ideen des großen französischen Philosophen und Mathematikers. Descartes diente zuletzt am Hofe der Schwedenkönige. Katherine wollte bei ihr in Schweden noch verbliebenen Verwandten Zuflucht finden.

Da es ihr jedoch unmöglich war, die gesamte Reise zu finanzieren, bestritt just jener Claude Neville einen Teil der Ausgaben. Er erklärte, die junge Mademoiselle erst in Stralsund verlassen zu wollen, um anschließend nach Frankreich zurückzukehren. Heinrich hielt soviel Ritterlichkeit für äußerst unwahrscheinlich und nahm sich vor, auf der Hut zu bleiben.

Ihr werdet nun sicherlich fragen, was die beiden Franzosen ins Haus des alten Weigels führte und was es mit dem seltsamen Schriftstück auf sich hatte. Nun, letzteres ist einfach erzählt, denn es waren Aufzeichnungen jenes Mannes, der Weigel mit seinem späten Besuch verband. René Descartes.

Heinrich hatte seine rechte Mühe wach zu bleiben und lächelte nur müde über die eine oder andere Äußerung. Als Neville ihn jedoch fragte, ob er was über den neuen König wisse, wurde er hellhörig. „Nun ja, sicher werdet ihr bereits bemerkt haben, daß ich keineswegs ein Landsmann des Schwedenkönigs bin." „Aber ihr steht doch in seinen Diensten?" „Worauf wollt ihr hinaus?" fragte der Student mit bewußt dümmlicher Miene. Er fühlte schon ein Unbehagen aufsteigen, hatte der Professor ihm doch versichert, nicht weiter von dem Franzosen behelligt zu werden.

„Nun, das ist einfach", erwiderte der Neville, „man hört das der schwedische Thronfolger ein Hitzkopf ist. Es heißt, ein Krieg stünde unmittelbar bevor."

„Wer sagt das?" Heinrich dachte sofort an das Geheimpapier in seiner Tasche. Er winkte ab. „Nichts als unbegründete Ängste. Erholt euch erst einmal. Vielleicht bleibt ihr noch ein, zwei Wochen in Jena." „Aber ihr werdet uns doch nach Stralsund begleiten", lispelte die junge Frau. Heinrich wurde rot. Sollte er jetzt wieder lügen. „Was ist dann mit euch? Kann der Hof einen jungen Mann solange entbehren", bemerkte Claude listig.

„Wenn nicht ich, dann bringt euch ein anderer sicher nach Stralsund", hielt Heinrich dagegen. „Ihr seid der Bote, den der Professor erwartet hat. Ihr brachtet ihm die Aufzeichnungen des großen Descartes. Warum sollte der König einen zweiten Mann schicken, Nils von Rondstedt", rief der andere aufgebracht. „Woher wißt ihr..."

Weigel war ärgerlich, daß der Franzose Heinrich so in die Enge trieb. Ihn beunruhigte die angeschlagene Gesundheit der jungen Katherine. Doch er verstand auch, daß er von seinem Studenten nichts unmögliches verlangen durfte. Warum hatte er nur auf dieses blöde

Spiel bestanden. Er, Erhard Weigel, war doch sonst immer für die Wahrheit gewesen.

„Mein verehrter Neville. Bitte verzeihen sie mir diese Dummheit. Ich tat es allein um des Zustandes willen, indem sich Mademoiselle Vitè befindet. Nun aber glaube ich, sollten sie die Wahrheit erfahren. Obwohl ich sie zu so später Zeit nicht mehr damit behelligen wollte."

Claude zog ein fürchterliche Grimasse, die Heinrichs Verdacht, was ihn betraf, nur erhärtete. Die junge Katherine seufzte. „Seht", fuhr der Professor fort, „der junge Mann steht ebenso wenig im Dienste eines Königs, wie ihr oder ich. Er ist einer meiner Studenten und sein Name ist Heinrich von Görtz." „Ja, aber er gab euch doch Descartes Manuskripte." „Nun ihr und auch ich haben einen anderen erwartet. Görtz ist ein Mann des Adels und ich vertraue ihm. Er stammt aus einem alten Reichsrittergeschlecht und nur zufällig kreuzte er die Wege des Schweden. Nils Rondstedt wurde vor wenigen Stunden auf dem Weg hierher überfallen."

Die junge Frau schrie auf. „Ist er tot?", flüsterte sie entsetzt. „Beruhigt euch Mademoiselle", erwiderte Heinrich. „Er ist in sicherer Obhut. Und, ein alter Kriegsmann stirbt nicht so schnell." „Es kann manchmal gefährlich sein, nachts allein durch die Straßen zu streifen", fügte der Professor mit ernster Miene hinzu."

Während Katherine anfing zu zittern, ging in ihrem Begleiter eine seltsame Veränderung vor. Er schien auf einmal völlig ruhig zu werden. Man sah, wie er seine

Gedanken nach innen kehrte. Heinrich fürchtete, daß es nichts Gutes sein könne, was der Franzose da ausbrütete.

„Habt ihr den Kampf gesehen, Görtz?" fragte er plötzlich Heinrich. „Dafür war es bereits zu spät", antwortete dieser. „Ich fand Rondstedt schwerverwundet unter einem alten Holunder liegen." „Wo brachtet ihr ihn hin?" „An einen sicheren Ort." Claude schien zu kochen, weil der Bursche ihm die Antwort schuldig blieb. „Er hat ein.." sagte er schließlich, doch weiter kam er nicht. Heinrich hatte das Gefühl, daß der andere sich um ein Haar verplappert hatte. Ein fürchterlicher Gedanke schoß ihm in den Kopf.

Natürlich, weshalb war er nicht gleich darauf gekommen. Das Manuskript Descartes´ war für Weigel bestimmt gewesen, ohne Zweifel. Doch das Geheimpapier in seinem Mantel, das hatte gewiß einen anderen Adressaten. Vielleicht wußte nicht einmal Rondstedt, welch höchst vertrauliches Papier er da beförderte. Wer war dieser Claude? Verstohlen betrachtete Heinrich den Franzosen.

Dieser war wieder ganz die Ruhe selbst; seine Erregung hatte sich gelegt. Nur die Augen, die Augen kniff er listig zusammen; eine Spur von Verschlagenheit - die ihm angeboren sein mußte - huschte über sein Gesicht. Er tat so, als würde er das Für und Wider einer möglichen Reaktion auf Görtz' Bericht abwägen.

Endlich sagte er: „Es ist ein gefährliches Pflaster, diese Stadt. Ich halte es für gefährlich, auch nur einen Tag länger in Jena zu bleiben." „Was wollt ihr tun?" fragte der Professor vorsichtig, so als ob er ahnte worauf sein Gast hinaus wollte.

„Die Reise ohne den Schweden fortsetzen!" „Dem muß ich entschieden widersprechen", protestierte Weigel. „Denkt an Mademoiselle Katherine. Bei mir seid ihr sicher. Außerdem denke ich - und Görtz wird mir da beipflichten - daß ihr solange warten solltet, bis Rondstedt euch wieder ein sicherer Führer nach Stralsund sein kann."

Neville winkte ab. „Ein sicherer Führer?! Das ich nicht lache. Wir wissen nicht, warum Rondstedt überfallen wurde. Mag sein, daß er betrunkenen Studenten in die Arme gelaufen ist. Doch ich halte dies, mit Verlaub, für wenig wahrscheinlich. Nein, er ist ein Risiko für uns. Bedenkt, es geht mir vor allem um Mademoiselle Katherine."

Diese saß bereits, mit geistesabwesenden Blick zusammengefallen auf ihrem Stuhl. Dies war zuviel für sie auf einmal. Der Professor verschanzte sich hinter einer nachdenklichen Miene. Heinrich versuchte Nevilles Gedanken zu lesen, allein es gelang ihm nicht mehr zu dieser späten Stunde.

Schließlich richtete sich Weigel auf. Er war entschieden gegen voreilige Schlüsse und beendete - in seiner Macht als Hausherr - das stumme Brüten seines Gastes. „Was bringts, daß ihr hier lang noch grübelt. Ihr habt keine Ahnung, Neville - und das sage ich als einer, der diese Stadt schon lange kennt. Die Streitereien und oftmals blutigen Händel der Studenten kommen immer wieder vor. Dabei hat die Stadt hohe Strafen verhängt. Schon aus diesem Grunde finden Duelle fast ausschließlich auf den umliegenden Dörfern statt.

Um so mehr verwundert mich, daß Rondstedt mitten in der Stadt angegriffen wurde. Doch messt der Sache nicht mehr Bedeutung bei, als sie es Wert ist. Seht keine Gespenster, Neville. Ich mach' euch folgenden Vorschlag:

Dunkle Gedanken füllen unsere Köpfe an diesem Abend. Wir sollten mit klarem Verstand entscheiden. Ich gebe zwar seit Jahren schon keine Tischgesellschaft mehr, doch beredet sich bei einem gemeinsamen Frühstück alles gleich viel besser. Sagen wir, um zehn. Görtz, ihr kommt doch?" Heinrich nickte.

Claude Neville regte sich nicht, er schien den Kampf aufgegeben zu haben und war in fast jene Starre gefallen, wie die junge Frau neben ihm. Nur daß auf seiner Stirn große Schweißperlen glänzten.

Der Professor erhob sich und schlurfte zur Wand hinüber. Dort zog er an einer langen Kette. „Meine Haushälterin wird gleich kommen und Mademoiselle Katherine nach oben begleiten."

*

Die Sonne stand schon hoch über der Stadt. Heinrich wollte gerade seine Kammer in der Löbdergasse verlassen, als von unten ein wohlbekannter Pfiff an sein Ohr drang. Fabarius! Jawohl, Fabarius stand unten vorm Haus. Er empfing den jungen Görtz ziemlich aufgebracht. „Da hast du mir ja eine schöne Suppe eingebrockt, Heinrich." „Hätte ich ihn sterben lassen sollen. Du weißt selbst, daß Bayer ein erstklassiger Medicus ist." „Fürs liebe Vieh, mein Freund. Fürs liebe Vieh." „Dann ist er doch bei einem alten Soldaten genau richtig." „Nun ja, er hat meine Fechtwunden jedesmal gut geflickt. Doch im Ernst, der alte Schwede hat einen mächtigen Hieb in den Oberschenkel erhalten. Die Wunde hat sich entzündet und mein Hausherr fürchtet um sein Bein."

„Um Gottes Willen. Nur das nicht." „Scheint so als hättest du ihn umsonst zu Bayer geschleppt", schmunzelte Fabarius. „Mir würde es nicht einfallen, des Nachts den hilfreichen Engel zu spielen." „Großmaul", schalt ihn Heinrich, „In meiner Situation hättest du ebenso gehandelt." Er war verärgert, was sich Fabarius, ihm, einem Reichsritter, gegenüber anmaßte.

„Wie soll es nun weiter gehen?" fragte der andere vorsichtig, als er Heinrichs finstere Miene bemerkte. „Das will ich dir sagen", entgegnete dieser kühl, „Du wirst es nicht glauben, aber der Schwede vertraute mir gestern - kurz bevor ich Bayer verließ - eine wichtige Botschaft an. Ein Manuskript." Fabarius runzelte die Stirn. „Laß hören. Warb er dich, für den schwedischen Hof?"

Heinrich winkte ab. „Du kommst nicht drauf. Nicht heut, nicht morgen." Da lachte Fabarius. „Geruhst du jetzt, dich mit einem geheimen Schein zu umgeben. Glaubst wohl, kannst die Sache so noch spannender machen. Das kost' ein Bier, Görtz, würd' ich sagen."

Heinrich überging die letzte Bemerkung. Er kostete einige Augenblicke die wachsende Neugier des anderen und sagte. „Er schickte mich zu Weigel."

Groß war Fabarius´ Erstaunen. So groß, daß er vergaß, den Mund zu schließen. Für einen Augenblick verharrte er reglos. „Zu dem alten Weigel? Der gibt doch schon seit Jahren keine Tischgesellschaften mehr."

„Nun ja, ich wunderte mich auch, warum ein alter Offizier unseren Professor aufsuchen wollte. Zuerst fand ich auch keine Lösung." „War es versiegelt?" „Das Manuskript? Nein. Ich habe einen Blick darauf geworfen. Wissenschaftliche Abhandlungen, nichts weiter." „Im Auftrag eines schwedischen Offiziers?! Ach Görtz, ich weiß nicht, ob ich deine Geschichte nicht für einen schlechten Witz halten soll." „Warum sollte ich dir irgendwelches Zeug auftischen?!" erwiderte Heinrich verärgert.

„Dann warst du also in seinem Haus?" „Ich war in seinem Haus." „Und hast du den Satan gesehen?" Fabarius Frage kam nicht von ungefähr. Die Jenaer Studenten erzählten sich so manche Schauergeschichte von dem Professor und seinem geheimnisvollen Haus. Heinrich fand diese Geschichten belustigend. Doch Fabarius Einfalt versöhnte ihn wieder etwas. „Der Teufel?! Er könnte es wohl gewesen sein. Aber gewiß hieß er nicht Weigel."

„Hat ihn der Professor etwa eingesperrt?" „Der Teufel läßt sich nicht einsperren. Aber ich werde ihm die Maske schon herunterreißen." „Laß deine Rätselsprüche, Görtz. Erzähl! Was ist?"

„Nun, sehr zu meinem Erstaunen traf ich den Professor in einer recht eigenartigen Gesellschaft an." „Der Teufel wird's wohl nicht gewesen sein." „Nein, zwei Hugenotten. Sie sind auf der Flucht nach Schweden."

„Was wollen sie denn dort. Hat nicht der Brandenburger das Toleranzedikt erlassen?!"

„Wohl wahr. Doch besaß die junge Frau Verwandte in Schweden."

Fabarius schmunzelte. „Die junge Frau, Görtz? So so, du hast ihr doch nicht etwa angeboten, sie vor dem Teufel zu beschützen." „Das konnt' ich schlecht, denn konnt ich das Gefühl nicht unterdrücken, daß er an ihrer Seite saß", erwiderte Heinrich.

„Vorsicht!" Der andere hob warnend den Zeigefinger. „Der Teufel reist meist in Begleitung seiner Buhlen. Sie ist gewiß recht hübsch."

„Von Antlitz blaß und bleich. Die lange Reise war ihr deutlich anzumerken." „Kränkeln und Blässe, so etwas verrät den Adel, Görtz."

„Oh Gott, ich muß zu Weigel", bemerkte Heinrich mit einem Male aufgeregt. „Schade", antworte Fabarius. „Bleibst du zu Tisch? Wir wollten heute nach Ziegenhain." „Ins Bierdorf? Ich ahne nichts Gutes. Das endet doch wie immer fürchterlich. Kommt Guiseppe Salerno auch mit?" „Der junge Magister der Medizin?!" Fabarius lachte. „Er könnte prima unsere Wunden flicken." „Das bezweifle ich. Er ist ein schrecklicher Raufbold. Es wird wohl nicht ohne Degen abgehen."

„Den du wie immer stets dabei hast", ermutigte Fabarius der anderen. „Nun denn! Der Tag verspricht ein gutes Wetter. Warum nicht auf die Berge wandern." „Du kommst also?" „Hält mich der Alte nicht gefangen, so könnt ihr auch auf meinen Degen zählen."

„So gefällst du mir schon besser, Heinrich", entgegnete der Fabarius. „Wer die Klinge eines Kreußlers ficht, braucht keine Angst zu haben. Bringst du die Schöne mit?" „Glaubst du, sie ist versessen auf die Gesellschaft von herausgeputzten Trunkenbolden? Oh nein, dies hat sie nicht verdient."

„Das sagt mir viel", erwiderte Fabarius schmunzelnd. Heinrich überhörte die letzten Worte des Freundes. Ein Riesenschreck war ihm in die Glieder gefahren. „Herrgott ich muß zu Weigel", rief er laut und drehte auf dem Absatz. „Vergiß nicht, Görtz. Pünktlich um vier am Saaltor", rief Fabarius dem Davoneilenden nach.

*

„Das nenne ich Pünktlichkeit, Görtz. St. Michaelis hat soeben zehn geschlagen", begrüßte ihn der Hausherr. „Ich wollt, ich hätte diese Pünktlichkeit ein einziges Mal zu ihren Vorlesungen an den Tag gelegt." Weigel hieß ihn Platz zu nehmen. Heinrich setzte sich neben Slevogt.

Der Professor hatte einige bekannte Herren der Universität zu Tisch, unter anderem den jungen Lamprecht, Slevogt und Schellhammer. Es brauchte nur einen kurzen Blick, um zu bemerken, daß die beiden Franzosen keinesfalls jenen gestrigen Gespenstern glichen. Er glaubte sogar, auf Katherines Wangen eine Spur von Röte zu entdecken. Doch, wie am vorangegangenen Abend, geizte sie mit Worten. Heinrich hielt es für schüchterne Zurückhaltung, die ihr Neville sicher angemahnt hatte. Der Kaufmann fragte mit süß-säuerlicher Miene nach dem Befinden des Schweden.

„Es scheint, als ob ich eure Befürchtungen teilen muß", antwortete Heinrich. „Rondstedt wird wohl für längere Zeit ausfallen." „Verfluchte Stadt", ärgerte sich Neville. „Wenn uns einer auf den kürzesten Weg nach Stralsund gebracht hätte - dann nur er. Was soll nun werden? Das Geld für eine Kutsche ist teuer und mich erwarten in Frankreich dringende Geschäfte, die einen weiteren Aufschub der Reise nicht dulden. Was ist mit euch, Görtz?"

Heinrich war überrascht. „Was erwartet ihr von mir? Ich habe nicht im mindesten die Möglichkeiten eines schwedischen Offiziers."

Da mischte sich Slevogt in die Unterhaltung. „Ich glaube, daß ich den Herren bei ihrem Problem behilflich sein könnte. Nicht weit von hier, in den östlichen Bergen, steht ein halb zerfallener Hof. Dort lebt ein alter Kriegsveteran des Schwedenkönigs. Ihr müßtet den Ort kennen, Görtz?"

„Auf der Wöllmisse?" Slevogt nickte. „Dann meint ihr wohl das alte Gut, das versteckt über dem Dorfe Rabis liegt." „Ihr sagt es. Nur weiß ich nicht, ob der Hausherr wieder in Deutschland weilt. Aber wenn, vielleicht hilft er euch weiter."

„Abwarten", reagierte Neville leicht aufbrausend. „Ich verlasse Jena nicht, ohne mit Rondstedt noch einmal gesprochen zu haben. Er soll mir sagen, ob dieser Mann für uns der Richtige ist." „Ihr scheint uns allesamt nicht über den Weg zu trauen?"

„Ich will nur das Beste für Mademoiselle Vitè", erwiderte der Franzose. Das schien einleuchtend und Heinrich konnte dem nichts entgegnen. Aber Neville setzte noch eins drauf.

„Was ist nun mit euch? Könnt ihr uns nicht begleiten? Weigel erzählte mir, ihr kommt aus hohem Stande."

„Ich stamme aus einem Reichsrittergeschlecht, drüben aus dem Hessischen, wenn ihr es genau wissen wollt. Bitte verlangt von mir nicht, daß ich Jena für längere Zeit verlasse. Bräuchtet ihr Geld? Ohne zu zögern, würde ich es Mademoiselle Katherine leihen. Oder fürchtet ihr, nun auf einen wackeren Begleiter verzichten zu müssen. Bedenkt - in Stralsund würden unsere Wege sich sowieso trennen." Heinrich hatte noch nicht geendet, als er einen strafenden Blick der jungen Frau bemerkte.

„Versteht doch, das ich nicht mit euch reisen kann. Meine Studien erlauben es nicht, diesen Ort länger zu verlassen." „Ich verstehe sehr wohl", entgegnete Katherine schnippisch. „Ich wollte nicht glauben, als man mir in Frankreich erzählte, daß Kavaliere östlich des Rheins dünn gesät sind."

„Ich bot euch doch Geld an. Ist das nichts?!" Sie maß ihn abschätzig. „Geld", sagte sie schließlich. „Geld, damit löst man in Deutschland wohl alle Probleme? Spricht so ein Edelmann und Reichsritter oder ein Krämer? Ihr langweilt, Görtz."

Heinrich suchte verzweifelt nach Worten, doch wurde er von den anderen am Tisch übertönt. Zwischen den anwesenden Studenten, Magistern und Professoren war eine heiße Debatte über die Unsitte der Duelle entbrannt. Warum aber ausgerechnet ein altgedienter Kriegsmann Opfer dieser Auseinandersetzungen wurde, blieb allen ein Rätsel. Einige vermuteten einen paptistischen Anschlag. Andere wiederum riefen die schlimmen Taten der Schweden ins Gedächtnis, die im dreißigjährigen Krieg das Land verheert hatten.

Heinrich verspürte keine große Lust, sich in die allgemeine Diskussion am Tisch einzumischen. Katherine nippte gelangweilt an einem Glas Wasser. Selbst als sich Görtz für sein Ungeschick entschuldigte, blieb die Französin kühl.

„Macht euch keine Mühe", sagte schließlich Neville, „wir werden auch ohne euch zurechtkommen." In Heinrichs Kopf machte sich Ohnmacht breit. Er traute diesem Kerl noch immer nicht. Trotzdem glaubte er keinen anderen Ausweg zu haben, als Neville ein Angebot zu unterbreiten. Das, was er zunächst für völlig absurd gehalten hatte, erschien jetzt die einzig richtige Lösung zu sein. „Nun gut, ich werde euch zu Rondstedt führen. Wir sollten seinen Rat hören. Warten wir ab, was er sagt."

Neville brummte nur, aber aus den Augenwinkeln gewahrte Heinrich, daß Katherine lächelte. Zum ersten Mal.

*

Der Hall der Glocke von St. Michael lag noch über der Stadt. „Da hinten läuft er. Seht, er kommt die Saalgasse hinunter." Tatsächlich. Görtz hatte Wort gehalten. Sein Mantel flatterte im Winde und die Spitze seines Rapiers lugte hervor. In der Rechten trug er einen Wanderstock aus Kornelkirsche. Niemand nahm ihm jetzt noch die kleine Verspätung übel, denn endlich konnten alle aufbrechen.

Ausgelassen zog das junge Volk über die Saalbrücke nach Camsdorf, von wo aus der Weg weiter nach Ziegenhain führte. Sie waren nicht die einzigen, die an diesem warmen Sommernachmittag hinaus auf die Dörfer zogen. So nahm keiner Notiz von fünf Reitern, die in angemessener Entfernung den Studenten folgten. Sie trugen schwarze Gewänder und machten den Eindruck als würden sie nichts Gutes im Schilde führen. Einigen von den Mädchen, die die Studenten begleiteten, zeigten sich sichtbar ängstlich beim Zurückblicken.

Alle waren froh, als an der Wegkreuzung nach Ziegenhain die seltsame Schar weiter das Saaletal hinaufritt, während die Studenten den Weg in die Berge und somit nach Ziegenhain hinauszogen. Bald waren alle wieder guter Dinge. Nur Görtz überkam eine leise Vorahnung. Doch die fünf Reiter blieben verschwunden.

*

Ziegenhain lag in einem höher gelegenen Seitental. Das Bierdorf war bei den Studenten sehr beliebt. Die Schenken liefen gut hier, so daß die Wirte die gelegentlichen Prügeleien und Duelle lachend in Kauf nahmen. Gleich an der Straße, die von Jena hinauf führte, erhob sich ein Gasthof mit einem kleinen Vorgarten.

An langen Holztischen lagerten hier die Studenten und führten heftige Dispute. Dazwischen hörte man das Gekicher der Stadtmädchen, die zusammen mit einigen wohlbetuchteren Herren nach Ziegenhain gekommen waren.

Doch für all das hatte Heinrich keine Blicke. Es war auch nicht seine Art, dem einfachem Studentenvolk mehr Beachtung als nötig zu schenken. Er brütete. Noch vor wenigen Sunden hatte er zusammen mit Neville am Bett des alten Schweden gestanden. Der französische Kaufmann war ihm seltsam ruhig und gefaßt erschienen. Ja, fast so als würde ihm Rondstedts Schicksal nichts angehen. Dabei hatte er ihn doch auf seinen ausdrücklichen Wunsch zum Lager des Verwundeten geführt.

Und dessen Zustand - Fabarius hatte wahrlich nicht übertrieben - war bedrohlich. Rondstedt war die ganze Zeit nicht aus seinem Fieberwahn erwacht. Außer unzusammenhängenden Sätzen war aus dem Schweden nichts herauszubekommen. „Der wird nicht wieder", sagte der Doktor und fügte hinzu. „Ich habe es gleich gewußt. Ein Wunder, daß er noch solange durchhält." So erhielt Heinrich keine Antwort auf die Frage, was es mit dem seltsamen Papier auf sich hatte, daß er bei sich trug.

Neville wollte in zwei Tagen aufbrechen. Ihm wäre das ja gleichgültig gewesen, wenn nicht sie, Katherine, ausdrücklich um seine Begleitung gebeten hätte. Den Gedanken, daß der Franzose etwas mit dem Geheimpapier zu tun haben könnte, hatte er langsam verdrängt. Neville war es nicht mehr, der ihn interessierte. Ihn interessierte Katherine. Schweigend trank er sein Bier und blickte über den Tisch hinweg.

Schräg gegenüber führte einer große Reden. Unter den Studenten war der märkische Adlige als Aufschneider wohlbekannt. Nun, da er Heinrichs Blick gewahrte, tönte er: „In Jena soll es ein Duell gegeben haben." Sofort richteten sich die Blicke am Tisch auf Heinrich.

Doch Görtz ließ sich nicht aus der Ruhe bringen. Was wollte dieser kleine Landadlige schon von ihm? „Da wißt ihr mehr als ich", erwiderte er achselzuckend. Fabarius schwieg beharrlich. Heinrich wußte, daß er ihm vertrauen konnte. Auch wenn Fabarius noch so viel getrunken hatte, ein Geheimnis konnte er für sich behalten.

„Du lügst doch, wenn du den Mund aufmachst", fuhr der Schreihals ihn mit krebsroten Gesicht an. Ein satter Bierdunst schwebte über den Tisch. „Es bringt nichts, wenn man zuviel trinkt", antwortete Heinrich ruhig. Auch

Fabarius und einige andere winkten ab und bald kümmerte sich niemand mehr um den Studenten aus der Mark.

Einer sagte noch, daß es ein Wahnwitz wäre, Duelle innerhalb der Stadtmauern auszutragen. So etwas konnte schnell den Kopf kosten. „Dies können keine Studenten gewesen sein", warf ein Dritter ein.

*

Heinrich, der sich längst wieder seinen Gedanken hingab, bemerkte mit einem Male einen jungen Blondschopf, der ziemlich angetrunken auf die Pforte zutorkelte. Der hatte aber ordentlich geladen. Moment mal!

War das nicht Gothaard, der Student der Juristerei aus Stockholm? Na, wenn das kein Zufall war. Sein Vater war Offizier im Dienste des Schwedenkönigs. Heinrich erhob sich und tat so, als müßte er unbedingt seine Blase entleeren.

Draußen auf dem Weg war es ruhig. Eine hohe Hainbuchenhecke trennte den Weg vom Garten des

Gasthofes. Björn Gothaard war nicht weit gekommen. Unterhalb der Hecke war er der Länge nach hingeschlagen. Völlig willenlos ließ er sich von zwei harten Händen packen, die ihn wegschleiften.

Doch bald folgte die Ernüchterung. Nicht weit vom Gasthof entfernt stand eine Viehtränke am Wegesrand. Ein ausgehöhlter Einbaum, randvoll mit kaltem Wasser gefüllt. Die Gelegenheit war günstig, denn es kam gerade niemand aus Jena. Heinrich drückte den Kopf des Schweden unter Wasser. „Wie gefällt dir das, Winkeladvokat?" Björn verschluckte sich und erbrach.

„Das ist gut. Laß alles raus", lachte Heinrich und schlug dem anderen auf die Schulter. Der Schwede sackte in die Knie. Doch ehe er den Boden erreichte, hatte ihn Görtz erneut ergriffen und diesmal warf er den ganzen Kerl in die Tränke. Björn gurgelte. Wutentbrannt kletterte er aus der Tränke wieder heraus. „Bist du verrückt?", schrie er Görtz an. „Ganz und gar nicht, Gothaard", entgegnete dieser. „Na wartet", fuhr der junge Heißsporn hoch und versuchte seinen Degen zu ziehen. Es dauerte nur einen Augenblick und Görtz hatte den Schweden entwaffnet. Dessen Wut schlug um in Verstörtheit. Was wollte der Kerl nur von ihm?

„Ich habe nichts gegen dich", sagte Heinrich schließlich. „Doch was ich dir zu sagen habe, ist viel zu wichtig, als das ich mit einem Suffkopf darüber sprechen möchte." Björn ernüchterte zusehends. Er spürte die wie die Kälte ihm durch die Glieder drang. Er schlotterte. „Ich hoffe, es ist wichtig genug, daß es eure Dreistigkeit rechtfertigt."

„Du wirst es überstehen. Sei froh, daß ich dich vor dem morgigen Kater gerettet habe. Nun gut, ich brauche deine Verbindungen." „Ihr spottet", lachte Björn bitter. „Meine Verbindungen sind gegenüber euren, Görtz, keinen Heller wert. Ich bin erst seit einem Jahr an der Saale."

„Nicht so hastig, junger Freund", entgegnete Heinrich. „Nicht so hastig. Wenn du mir einen Gefallen tust, dann sind zwei Beutel Gulden dein. Der erste soll dir gleich gehören, sagst du ja."

„Was erwartet ihr denn von mir?" fragte Björn ganz verdutzt. Heinrich überhörte die Worte des Schweden. Er blickte an den Hängen rund um Ziegenhain empor. Sie umschlossen das Dorf wie ein Kessel. Nur nach Westen führte der Weg zum Saaletal hinunter. Dort lag Jena. Auf dem nördlich gelegenen Bergrücken erhob sich eine alte Burgruine, im Volksmund der Fuchsturm genannt. Weiter nach Osten dann weiteten sich die Berge zu einem Hochplateau aus - der Wöllmisse. Dorthin sah Heinrich und er wies mit der Hand in Richtung Südosten. „Kennst du den alten Gutshof, der oben in den Bergen liegt?"

„Man erzählt, ein alter Rittmeister, der beim schwedischen Heer diente, lebt dort", erwiderte Björn. Langsam kehrte die Farbe in seine Haut zurück, obwohl er immer noch schlotterte. „Ich weiß. Du kennst ihn also?" „Wollt ihr etwa euren Mantel mit einem Waffenrock vertauschen?"

„Danach steht mir nicht der Sinn. Warum sollte ich Jena mit einem Heerlager eintauschen?! Nein, es geht nicht um mich."

Björn Goothard merkte, daß der Alkohol in seinem Kopf keine weiteren Schlüsse zuließ. Da half ihm Heinrich auf die Sprünge. „Du hilfst einer Dame, einer Französin, mit deinem Dienst aus der Klemme. Sie mußte Frankreich, so wie alle Hugenotten, verlassen. Nun will sie zu Verwandten nach Schweden. Allein das Geld ist knapp und mit einem guten Geleitschein und womöglich schwedischer Eskorte reist es sich leichter nach Stockholm. Nun kenn' ich jenen, der dort oben haust, nicht mal vom Namen her. Drum bitt' ich Dich, mich zu begleiten, daß Du mir rätst ob er der Richtige." „Die Sache gefällt mir nicht. Aber wenn ihr wollt - für zwei Beutel Gulden helf ich euch. Doch sagt zuerst, wie seid ihr an diese Französin geraten?"

„Die Geschichte ist zu lang und verworren, Schwede. Ein andermal." „Nun gut. Nennt mir Ort und Zeitpunkt." „Gemach! Du wirst es rechtzeitig erfahren."

Damit warf Heinrich dem Schweden den Beutel zu. „Schlag ein", sagte er zu ihm. „Auf denn", erwiderte Björn Goothard und besiegelte den Handschlag. Gerade noch rechtzeitig, denn den Weg von Jena her nahte wieder einmal eine größere Gruppe Studenten.

*

Der Doktor wunderte sich, als sich die Haustüre öffnete. „Ihr beehrt mich ein zweites Mal? Eure Aufregung ist jedoch umsonst." „Ist er nicht noch mal erwacht?" fragte der Franzose scheinheilig. Der andere schüttelte den Kopf. „Kommt rein", brummte er.

Es war stickig in dem kleinem Raum neben der Abstellkammer. Ambrosius Bayer zog die Luft durch die Zähne. „Hätte ich den Kerl nie ins Haus gelassen", flüsterte er. „Die Schweden haben meiner Familie im Dreißigjährigen arg zugesetzt. Damals in Kunitz. Nur wenige konnten nach Jena fliehen."

„Es müssen schlimme Zeiten gewesen sein", antwortete Claude Neville. „Es ist Gottlob vorbei", sagte der Medikus bestimmt. „und der dort", er wies auf die Bett, „wird wohl nimmer mehr." „Dann ist's sein Ende." „Sein Ende?! Gewiß. Ein Wunder, daß er überhaupt solange durchgehalten hat. Jeder andere wäre bereits krepiert." „Fürwahr, ihr seid ein Viehdoktor." „Im Felde ist er nicht besser dran, eher schlechter."

Kaum hatte Bayer das Zimmer verlassen, ging in Neville eine Wandlung vor. Er maß den Darniederliegenden mit einem kalten Blick. Er wußte, daß er nicht lange brauchen dürfte und beugte sich über Rondstedt. Hastig tastete seine Hand in die Jacke des Schweden.

Nichts, absolut nichts. Als er sie wieder herausziehen wollte, hielt ihn etwas fest - fest wie ein Schraubstock. Er erschrak. Es war Rondstedt. Die Lider des Schwerverwundeten hatten sich geöffnet und er röchelte. „Ah, ihr Neville. Wir haben uns lange nicht mehr gesehen, aber ihr kommt noch. Hätte mich auch gewundert, daß der Geier das Aas nicht mehr zu wittern imstande ist. Doch ihr seid zu spät, Neville. Es tut mir unendlich leid für eure Majestät." „Ihr seid der Staatsverräter, nicht ich, Rondstedt." „Ihr solltet euch schämen, ein junges Mädchen für eure Zwecke zu mißbrauchen." „Zum Wohle Frankreichs, Rondstedt. Alles zum Wohle Frankreichs. Schade um euch, ihr hättet gutes Geld verdienen können." „Zum Wohle Frankreichs? Das ich nicht lache. Wohl ein Dutzend Herrscher gäben euch Säckeweise Gold dafür. Ich glaube, eher das ihr es August oder dem Zaren verkauft. Hat nicht der Sachse noch größeren Nutzen dran?! Nein, Neville, mich täuscht ihr nicht.

Allein es zu spät. Ich hab den Tod verdient für diese Tat. Hätt's mir denken können, daß ihr mir keinen Lohn habt zugedacht." „Wohl ist solch ungereimt geschwätztes Zeug nur eurem Fieber zuzuschreiben. Denkt ihr, daß ich Verrat begangen habe." „Die Schergen letzte Nacht, sie fochten eine gut französisch Klinge."

Neville lachte höhnisch. „Ihr glaubt tatsächlich, sie handelten auf meinen Befehl. Krankhafte Fieberphantasie, Rondstedt. Meine Männer hätten euch fein säuberlich durchbohrt, da möchte ich wetten."

„Ihr unterschätzt uns Schweden. Doch Vorsicht, Neville. Hochmut kommt vor dem Fall." Daraufhin wurde Claude Neville krebsrot im Gesicht und zischte: „Halts Maul, Schwede. Sag lieber, wo das Geheimpapier sich befindet."

„Gebt euch keine Mühe", erwiderte der Verwundete, der immer noch mit eisiger Hand, Nevilles Arm umklammert hielt. „Schade, daß die Sachsen und Russen nun nichts über Stärke des schwedischen Heeres und der baltischen Festungen erfahren." Claude erwiderte nichts, sondern schlug dem anderen wütend mit der flachen Linken ins Gesicht. Da ging die Tür.

Neville grinste, als der Doktor hereintrat. Rondstedt hatte seine Hand losgelassen. Der Franzose wagte nicht sich umzudrehen. Bayer beachtete ihn nicht weiter. Schnell schritt er zu der Pritsche, doch es war bereits zu spät. „Er ist tot", sagte Bayer leise.

*

Des Teufels Gesicht

„Die Wärme des Tages hielt sich in dem breiten Felsental. Die Abendsonne schimmerte durch das Grün der Bäume. Es roch nach dem Duft blühender Linden und das laute Zirpen der Grillen vermengte sich mit dem tiefen Summen der Junikäfer. Weiter oben auf den Hängen wurden die Auwälder und Wiesen durch Weinberge abgelöst. Gerade dort, wo die Weinberge begannen, führte die staubige Landstraße entlang der Saale von Jena nach Lobeda.

Auf ihr kamen Bauersfrauen daher. Sie stammten aus dem nahen Wöllnitz. Viele von ihnen trugen schwere Wasserbutten auf dem Rücken. Es war gar eine rechte Plage, jedoch die Rebstöcke verlangten bitter danach. Über eine Woche hatte es nicht mehr im Lande geregnet.

Hin und wieder verließ eine der Frauen die Straße und bog nach rechts in die Weinberge ab. Oben warteten schon die Männer, die den ganzen Tag in sengender Hitze die Rebstöcke bearbeitet hatten.

Da wälzte sich eine kleine Staubwolke im Tal heran. Eine Kutsche, begleitet von zwei Reitern, bahnte sich ihren Weg, so daß die Bauersfrauen eilig zu Seite traten. Einige nutzten diese Gelegenheit, um zu verschnaufen. Neugierig beäugten sie die an ihnen vorbeifahrende Kutsche. War es ein wohlhabender Bürger der Stadt Jena, der seinen Weinberg begutachten wollte?

Nun, diesen Schein hatte es nicht. Sicher wäre die Kutsche jetzt bereits langsamer gefahren, der feine Herr ausgestiegen... Die Reiter jedoch wollten gar nicht so recht dazu passen. Sie sahen aus, wie die jungen Gecken, die man unten in der Stadt zu Hauf sah. Ja, über die vielen Fechtduelle der Studenten erzählte man sich auf den umliegenden Dörfern so manches.

Die Bauersfrauen schauten noch eine Weile dem Wagen hinterher, der bald darauf ihren Blicken entschwand. Sie nahmen die schweren Butten wieder auf und hatten Kutsche und Reiter bald vergessen.

In Wöllnitz verließ die Kutsche die Straße, die durchs Saaletal führte und bog nach Osten ab. Sie folgte dem Lauf des Pennickenbaches, der in den Höhen der Wöllmisse entsprang. Über jenes Hochplateau führte der Weg nach Rabis.

*

„Wir müßten das Gut noch vor Sonnenuntergang erreichen." „Wenn nichts Außergewöhnliches geschieht."

44

„Der fränk'sche Witzbold spricht aus euch. Hier ist kein Kriegsgebiet, Görtz. Selbst Räuber werden heut dem Biere frönen, als das auf Beutezug sie gehen."

„Nehmt das Maul nicht zu voll, Björn Gothaard. Noch sind wir nicht in Rabis." Björn lachte aus vollem Halse, daß es aus dem Wald zurückschallte. „Ihr Deutschen seid Angsthasen. Wäre es nach mir gegangen, ich hätte die Fuhre mit den beiden allein gemacht." „Spar dein Geschwätz für deine Landsleute auf. Nur eine Stunde noch."

„Ihr versteht keinen Spaß, Reichsritter." Heinrich brummte nur etwas zurück und ritt vor zur Kutsche. He, ihr solltet dem Wein nicht so sehr zusprechen", rief er dem Mann auf dem Kutschbock zu. „I wo", winkte jener ab. „Meine Braunen finden den Weg auch allein." „Unmögliches Pack", fluchte Heinrich. „Eure Ruhe möchte ich haben." Der Kutscher stieß auf. „Der Herr ist wohl um das junge Fräulein besorgt?" erwiderte er belustigt und setzte einen langen Rülps hinzu. Als er die Weinflasche wieder ansetzen wollte, schlug Heinrich ihm diese aus der Hand. Laut hörte er im Rücken den jungen Schweden lachen.

*

Gerade in diesem Moment bogen sie um eine Wegbiegung. Die Felsen rückten dem Weg recht nahe. Linker Hand lag eine kleine Höhlung verborgen. Plötzlich ging alles sehr schnell.

Heinrich wunderte sich nur noch, wie das rote Gesicht des Kutschers aschfahl wurde. Das gefiederte Ende eines Pfeils ragte aus seiner Brust. Eine Armbrust aus dem Hinterhalt. Herzschuß! Ohne noch einen Muckser von sich zu geben glitt er vom Kutschbock hinunter. Heinrich achtete nicht mehr weiter auf ihn. Der Rappe unter ihm wurde nervös. Es war verdammt noch mal nichts zu sehen.

„Achtung, Görtz!" rief da Björn mit einem Male von hinten. „Sie sind uns auf den Fersen." Heinrich drehte sich um. Tatsächlich. Eine Meute von ungefähr sieben, bis acht Reiter waren in ihrem Rücken. Vermummt wie Schurken, die nichts Gutes im Schilde führen. Die Sache sah nicht gut aus.

Der junge Mann wollte sich auf den Kutschbock schwingen als er am Beginn der Schlucht eine Kette von vier Reitern gewahrte. Alles schien verloren. Wäre Heinrich allein gewesen, so hätte er unweigerlich zum Degen gegriffen. Aber so.

Die beiden Stuten, die die Kutsche zogen, scheuten. Heinrich ergriff die führerlosen Zügel. „Was soll dieser Aufzug?" schrie er den Räubern entgegen. „Gebt den Weg frei. Unsere Reisekasse ist ärmlich und dürfte für euch ohne Interesse sein."

Die Vermummten antworteten nicht. Statt dessen zogen drei ihren Degen und ritten auf Heinrich zu. Jetzt galt's, die eigene Haut zu verteidigen. Laut verwünschte er Rondstedt, dem er diese mißliche Lage verdankte. Es kam zu einem kurzen Gefecht. Heinrich sah aus den

Augenwinkeln, wie Björn wacker sich gegen zwei dieser Spitzbuben zur Wehr setzte. Einen erwischte er wohl, doch der andere versetzte dem Schweden einen Hieb in den Unterleib, daß dieser laut schreiend vom Pferd rutschte. Der arme Kerl, dachte Heinrich - und alles ist meine Schuld.

Die meinen es ernst, das wußte er jetzt nur zu genau. Obwohl er seinen Gegnern andeutete, sich ergeben zu wollen, stachen diese weiter auf ihn ein. Doch der Student war schneller als sie dachten. Oft hatte er in den letzten Monaten mit Fabarius geübt und sogar der berühmte Kreußler hatte ihm Lehrstunden gegeben.

Er mußte alle Künste aufbieten, um die drei abzuwehren. Dem ersten stach er seinen Degen direkt durch den Hals. Röchelnd stürzte dieser vom Pferd. Den zweiten wehrte er mit dem Rapier ab. Dem dritten durchstach er den Arm. Er schrie gräßlich.

Nun wußten seine Gegner, daß sie kein leichtes Spiel hatten. Görtz riskierte einen Blick hinüber zum Wagen. Die Vorhänge waren zurückgezogen, feist grinste ihn Nevilles Gesicht an. „Es hat keinen Zweck, Görtz." Es war nur zu deutlich, daß Claude Neville die Wahrheit sagte. Der Lauf einer Pistole war auf Katherines Schläfe gerichtet. Die Augen der Ärmsten waren weit aufgerissen; suchten nach Erklärung für jene schreckliche Tat eines langjährigen Vertrauten ihres Vaters. Aber wie Heinrich hatte auch das junge Mädchen kaum eine andere Wahl, als sich ihrem Schicksal zu ergeben.

Mit der anderen Hand winkte Neville den Studenten heran. „Das Papier, Görtz. Schnell." „Ihr sprecht in Rätseln." „Laßt eure Witze, Görtz. Die Zeit ist denkbar schlecht gewählt dafür. Oder wollt ihr als Reichsritter den Helden spielen?" „Nun gut, ich seh es ein", erwiderte Heinrich. „Welche Sicherheiten habe ich, gebe ich euch das Papier?" „Euer Leben, Görtz, euer Leben. Ist das nichts?!"

„Was geschieht mit Mademoiselle Katherine?" „Seid versichert, daß ihr kein Haar gekrümmt wird. Das muß genügen." „Dann schwört es!" „Wenn ihr es wollt. Aber bedenkt, es ist der Schwur eines Katholiken."

Heinrich schüttelte sich angewidert, aber er faßte dennoch mit der Hand ins Innere seines Mantels. Er sah wie die junge Frau litt und wollte die Geduld des anderen nicht noch weiter reizen. „Macht keine Dummheiten", schrie Neville nervös. Heinrich brachte das bewußte Geheimpapier tatsächlich zum Vorschein. Vorsichtig ließ er sein Pferd zur Wagentür tänzeln. „Laßt sie los", herrschte er Claude Neville an. Langsam ließ der andere die Pistole sinken.

Görtz beäugte derweil argwöhnisch die herumstehenden Reiter. Diese behielten sicheren Abstand zur Kutsche, nicht zuletzt weil sie eine zweite Bekanntschaft mit der Klinge des jungen Mannes fürchteten. „Hoffentlich kennt ihr auch so etwas wie ein Ehrenwort", sagte er zu Neville und reichte ihm das bewußte Papier. „Glaubt mir, Görtz, ich hatte nie ein Interesse an euch. Euer einziger Fehler bestand darin, daß ihr mir in die Quere kamt."

Heinrich tänzelte vorsichtig mit seinem Rappen zurück. Noch war der Kutschbock unbesetzt. „Worauf wartet ihr?" schrie Claude laut. Die schwarzen Reiter verharrten immer noch wie angewurzelt. „Wir wollen weiter", tobte Neville.

Heinrichs Pferd hatte indes das Weggesträuch übersprungen und einen kleinen Abhang erklommen. Diese Position würde er leicht verteidigen können.

Derweil lösten sich die Räuber aus ihrer Erstarrung. Einige sprengten vor und einer von ihnen - ein kleiner häßlicher Zwerg - schwang sich auf den Kutschbock. Der Zug geriet in Bewegung und Heinrich gewahrte zu seinem Entsetzen, daß Neville mit der Pistole nach ihm zielte.

Rasch warf er die Zügel zurück. Nichts geschah. Neville lachte nur laut. „Wir sehen uns wieder", rief ihm Heinrich zornig nach." „Wahrscheinlich in der Hölle, Görtz. Hörst du, in der Hölle."

Heinrich glaubte, Nevilles Gelächter immer noch zu hören. Die Schar war in der Schlucht verschwunden. Nur vier Tote, die im Staub der Landstraße lagen, kündeten von dem kurzen Gefecht, das hier stattgefunden hatte. Schon morgen würde es in Jena Stadtgespräch sein. Heinrich verfluchte seine Ohnmacht, der jungen Katherine nicht helfen zu können. Nun gut, er wollte die junge Frau nicht in Gefahr bringen. Nun war sie in den Händen jenes Verbrechers. Wer war dieser Claude Neville wirklich? Der Student stieg vom Pferd ab.

Björn lebte noch. Der arme Kerl wimmerte entsetzlich. Heinrich sah, daß es zwecklos war. Der Schwede würde bald sterben. 'Für was nur?' fragte er sich. Für einen Fetzen Papier?! Er wäre sicher ein guter Winkeladvokat geworden. Wenn er Neville in Jena zur Rede gestellt hätte, wäre wahrscheinlich Schlimmeres zu verhüten gewesen. Nun war es zu spät.

Er beugte sich zu dem Schweden herunter. „Ich seh ja schön aus", röchelte dieser. Heinrich hielt ihm den Finger auf den Mund. Dann betete er leise.

Björn studierte erst zwei Semester in Jena. Fabarius hatte Heinrich einmal erzählt, daß der Vater des Schweden in der Armee Karls XI. diente. Hätte er es ihm nur verschwiegen.

Nun hatte er, Heinrich George, Freiherr von Görtz, den jungen Gothaard auf dem Gewissen. Einen Burschen, kaum zwanzig Jahre, der ihm bereitwillig helfen wollte. Nun war er tot. Hier an der Grenze des Herzogstums Sachsen Jena. 'Undank ist der Welt Lohn' dachte Heinrich bitter und schloß die Augen des jungen Schweden. „Ich werde dich rächen", flüsterte er. „Das bin ich dir schuldig."

*

„Wird sie lange schlafen?" „Die wird uns die nächsten zwölf Stunden keinen Ärger machen." „Ihr seid ein wahrer Teufel, Neville." „Ich habe nur getan, was nötig war. Ihr Geschrei könnte uns allen zum Verhängnis werden"

Neville spornte sein Pferd an und holte die Kutsche ein. Ein vergewissernder Blick ins Innere und er sah, daß Mademoiselle Katherine tief und fest schlief. Ihre Hände hatte er vorsichtshalber gefesselt. Beruhigt ließ sich Neville zurückfallen. Er würde die junge Frau wieder sicher nach Frankreich zurückbringen. Ihr Schicksal lag dann in den Händen des Königs. Was der mit Hugenotten zu tun pflegte, war ja bekannt, aber für Mitleid hatte Neville jetzt keine Zeit. Er handelte im Auftrag seiner Majestät. Oder? Tat er das wirklich? Zweifelsfrei gehörte Neville zu den Männern, die immer auf ihren eigenen Vorteil bedacht waren.

Elf Männer begleiteten die Kutsche. Claude Neville war sicher, daß sie bereits morgen Abend, die protestantisch sächsischen Lande verlassen könnten. Er grinste zufrieden.

Einer der anderen Männer - wohl der Anführer der Bande - fragte ihn. „War der junge Mann kein Schwede?" „Wo denkt ihr hin, Dutrout. Er gehörte zu dem Pack, das Europas Universitäten bevölkert." „Ein Student?" „Ich hatte eigentlich gehofft, das Manuskript würde den alten Weigel niemals erreichen. Doch ausgerechnet dieser Bursche mußte den alten Rondstedt auflesen. Naja, ein Grünschnabel." „Dieser Grünschnabel hat einen meiner

Männer getötet. Außerdem habe ich einen Mann gegen Rondstedt verloren." „Wenn's euch tröstet, so wisset, daß der alte Schwede gleichfalls das Zeitliche gesegnet hat." „Rondstedt war für uns nie von Bedeutung gewesen. Ein Verräter singt nicht so schnell. Da ist's bei Görtz schon anders. Ihr habt uns einen Bärendienst erwiesen, indem ihr ihn laufen ließet."

„Nun übertreibt nicht, Dutrout", lachte Neville. „Glaubt ihr allen Ernstes, daß er das Spiel der hohen Mächte gar durchschaut. Ein junger Hitzkopf?! Ich bitt euch. Wohl versteht er, wahrlich zu fechten, daß eure Männer schnell das Weite suchten. Doch was soll er sich in unsere Dinge einmischen" „Ihr vergeßt Mademoiselle Katherine", warnte der andere.

„Nun ja", überlegte Claude Neville, „dem kann ich nicht widersprechen. Ein verliebter Bock - er kann aus gekränkter Ehre gefährlich für uns werden. Außerdem ist er ein Edelmann und Reichsritter. Und nach allem was ich über diese Reichsritter weiß, haben sie nur den Kaiser über sich." „Seht ihr. Wir sollten ihn nicht unterschätzen."

„Wie soll er uns verfolgen. Allein!" Neville schüttelte den Kopf. „Kaum wahrscheinlich." „Und die Schweden auf der Wöllmisse?" „Keine Gefahr. Es kann sich nur um eine Handvoll Männer handeln, wenn überhaupt. Auf Rondstedts Rede gab ich nie allzuviel. Wir müssen doch nicht glauben, was mir der alte Professor abkaufte und dieser Bursche denkt. Was wir jetzt besitzen ist bares Gold wert, Dutrout."

„Wollt ihr immer noch mit den Sachsen..." „Scht...!"
Neville legte den Finger auf den Mund. „Es muß doch
nicht jeder hören. Wir handeln mit Informationen und die
haben ihren Preis. Was wären wir für Idioten, würden wir
den einen Geldsack stehen lassen, nur weil er stinkt."
„Geld stinkt nicht; Neville." „Genau. Ihr sagt es. Und
darum sollten wir uns das Geschäft nicht entgehen lassen.
Den Schweden kann es letzen Endes doch egal sein."

„Der Schwedenkönig wird toben, erfährt er erst von
eurem Schelmenstück." „Wenn er es überhaupt je erfährt.
Bis dahin sind wir längst in Paris." „Ich will es hoffen,
Neville. Für euren und auch für meinen Kopf."

„Ihr seht Gespenster, Dutrout. Und wenn? Görtz kennt
den Weg nicht, den wir nehmen." „Kennt ihr ihn?"
„Natürlich. Wenn wir diese Anhöhe verlassen, gelangen
wir nach einigen Dörfern in ein Seitental der Saale. Von
dort aus werden wir den Pferden die Sporen geben."

„Wenn doch nur schon diese grausliche Gegend hinter
uns läge." „Habt ihr jetzt schon die Hosen voll, Dutrout?
Dann hättet ihr nicht mit nach Deutschland kommen
dürfen." „Ich hoffe, wir verlassen diese gespenstische
Anhöhe bald." Da lachte Neville lauthals. Ein Lachen das
man noch weit in die Nacht hinein hörte und seinen
Begleitern in die Glieder fuhr.

*

Unweit der Stelle an der die Kutsche vorüber kam, lag
jenes kleine Gut, das Görtz am Abend erreichen wollte.
Hier oben auf der Wöllmisse - was Neville kaum für

wahrscheinlich hielt - lagerte tatsächlich einer Schar Bewaffneter. Dies hatte jedoch einen völlig anderen Hintergrund als ihr bisher erahnen würdet. Der Besitzer, ein verarmter Landadliger, sah sich beizeiten gezwungen, mit dem Kriegshandwerk seinen Lebensunterhalt zu verdienen. So trat er in die Armee des Schwedenkönigs ein. Sein Name war Hermann von Kalkendorn. Durch viele Lande war Kalkendorn mit dem Heere Karls XI. gezogen und in den vielen großen Schlachten Leid und Elend kennengelernt.

Lange hatte Kalkendorn die Heimat nicht mehr gesehen, so daß er - in die Jahre gekommen - um seinen Abschied bat. Mit dem alten Haudegen waren einige Männer, die ihn einst nach Schweden gefolgt waren, zurück in die ernestinischen Lande gezogen. Sein schwedischer Knecht, der ihm in Kriegszeit gedient, hatte gleichfalls Stockholm verlassen.

Kalkendorns Haus, ein kleines Landgut, lag hoch oben auf der Höhe des Bergplateaus. Vor den Mauern, die schon vom ersten Verfall gekennzeichnet waren, wuchs dichtes Holundergestrüpp. Das Hoftor war morsch, ein paar Latten bereits geborsten. Kurzum, sein Hof war nur noch ein Schatten besserer Tage.

Die Ankunft des Hausherrn brachte für die Familie, die unter beständiger Not litt, endlich wieder einen reichlich gedeckten Tisch und ein paar blanke Taler in die leere Truhe.

Nur wenige Schritte vor dem Hoftor verlief der Weg. Direkt am Wegesrand wuchs eine alte Linde. Dort stand ein Tisch mit Bänken, gedacht für die Bewirtung durchziehender Reisender.

Dicht drängten sich heute Abend die Männer an dem langen Tisch zusammen. Die Bierkrüge krachten laut auf das Holz. Hinter ihnen drehte sich ein Ferkel über einem Feuer. Einer der Soldaten hatte gerade wieder mit einem Witz die Runde begeistert, als Kalkendorns Miene sich verfinsterte. Er sah über die Köpfe hinweg und starrte auf den Weg hinaus.

Das erste, was er sagte, war nur: „So wie der reitet, kommt er doch wo nicht aus Schweden. Und wir sind keine zwei Tage hier... Verflucht sei dieser Abend." Als der Reiter jedoch näher kam, gewahrte Kalkendorn, daß er kein Soldat war. Trotzdem schien von dem jungen Mann etwas Beunruhigendes auszugehen. Kalkendorn spürte das sofort. Dieser laue Sommerabend sollte gewiß kein gutes Ende nehmen.

Ein paar der munteren Zecher erhoben sich und stellten sich an den Weg. Pferd und Reiter hetzten heran, als sei der Leibhaftige hinter ihnen. Der junge Mann im Sattel, das erkannte man an seiner Kleidung, entstammte begütertem Hause. Er war mit einem Degen bewaffnet, vielleicht trug er auch eine Pistole. Alles in allem, er machte den Eindruck eines verwegenen Studenten aus der nahen Stadt Jena.

Heinrich brachte seinen Rappen vor dem Hoftor des Gutes mit einer scharfen Wendung zum Stehen. „Was wollt ihr, Herr, zu dieser Zeit hier oben? Ziegenhain liegt in nördlicher Richtung. Dort werdet ihr Gesellschaft finden, die eurem Stande entspricht."

Statt zu antworten, begann der junge Mann hastig: „Ihr seid Soldaten des schwedischen Königs?" „Gewesen, Student. Gewesen. Aber", er wies auf einen der jungen Männer, der noch den schwedischen Soldatenrock trug, „ihr scheint die Uniform recht gut zu kennen." „Nur zu gut", entgegnete Heinrich. „Nur zu gut. Ich brauche eure Hilfe."

„Warum sollen wir euch helfen?" winkte der Hausherr ab. „Wir sind nicht in die Heimat zurückgekehrt um zu kämpfen." „Sagt euch der Name Goothard etwas", hielt ihm der Student entgegen. „Goothard, er dient als Oberst beim König." „Dann habe ich schlechte Nachrichten für ihn. Sein Sohn, Student aus Jena, liegt nur wenige Meilen von hier in seinem Blute."

Nun sprang auch der letzte Soldat von der Bank auf. „Sprecht, was ist geschehen?" bedrängte Kalkendorn den Reiter.

Heinrich erzählte kurz und knapp die Geschichte. Er vergaß nicht die traurige Rolle, die der junge Goothard dabei spielte, zu erwähnen."

„Wie weit sind sie?" fragten ihn die anderen. „Mit der Kutsche dürften sie nicht so schnell vorwärtskommen. Wenn wir Glück haben, sind sie noch auf den Bergen."

„Dann laßt uns keine Zeit verlieren", entschied Kalkendorn. „Los, Jens, sattele unsere Pferde."

*

„Verdammt", fluchte Bernard, „der Wagen hält uns nur auf. Wenn der Weg noch steiler wird, sehe ich die Achse brechen." „Flenne nicht!" fuhr ihm Neville übers Maul. „Oder denkst du etwa immer noch, daß Görtz uns auf den Fersen ist?" „Hört ihr nicht Hufgetrappel?" raunte der andere, den Kopf nach hinten wendend.

„Nicht mehr lange und wir erreichen das erste Dorf", entgegnete Neville. „Dort wird man nicht wagen, uns anzugreifen. Und außerdem: vor wem fürchtest du dich? Vor Görtz? Daß ich nicht lache. Vor einem alten Rittmeister, der ein verfallenes Gut bewohnt? Die Schweden sind tausend Meilen weit weg! Alles andere ist dummes Geschwätz."

Die Dämmerung war inzwischen der Dunkelheit gewichen. Es war jedoch keine stockdunkle Nacht, so daß man den Weg vor sich gut erkennen konnte. Die weißen Kalksteine warfen das Licht der Sterne zurück, die am Firmament aufgegangen waren. Bald wurden die Gebüsche und Baumgruppen rechts und links des Weges von grünen Wissen abgelöst. Nur eine Meile voraus war schon die Silhouette eines Dorfes zu erkennen. Die großen Dächer der Scheunen, der Kirchturm.

Neville wollte sich gerade die Müdigkeit aus dem Gesicht wischen, als sein Blick linker Hand des Weges auf den Wiesen etwas bemerkte. Erst glaubte er, seinen Augen nicht zu trauen und sah noch einmal hin. Tatsächlich. Da kam ein Trupp Reiter heran. Wo kamen die den her. Sollte Görtz etwa..? Dieser Teufelskerl.

Nicht lange und auch die anderen hatten die Verfolger bemerkt. „Verdammt, das sind die Schweden", fluchte der erste. „Bleibt ruhig", mahnte Neville seine Männer. Schließlich gebot er Bernard und einigen anderen zurückzubleiben und ritt vor zur Kutsche.

„Fahrt zu", sagte er zu dem Mann auf dem Kutschbock. „Wir halten sie auf." Damit wendete er sein Pferd. Er sprengte zu den verbliebenen sieben Männern und rief ihnen zu. „Ladet eure Waffen. Die Schweden sollen einen ordentlichen Empfang erhalten."

Bald gellten die ersten Schüsse durch die Nacht. Doch die Verfolger verschwanden - ehe sie auf Schußweite herangekommen waren - zwischen den Büschen, die am Wiesenrain standen. Es wurde still. Neville sah zum Dorf hinunter. Von dem Wagen war fast nichts mehr zu hören.

Dann glitt sein Blick wieder zu den Bergen. Die rätselhaften Verfolger wurden ihm immer ungeheuerlicher.

Er und seine Männer hatten auf dem Weg fast keine Deckung und zurückreiten bis zur Wegbiegung, wo der Weg zwischen den Baumgruppen auf die Wiese führte, war zu riskant. Gerade als er seiner Männer zurufen wollte, der Kutsche hinterherzureiten, fielen zwei von ihnen aus dem Sattel.

„Runter", schrie Neville und äugte in die Richtung aus der die Schüsse gekommen waren. Nichts, absolut nichts. Seine Männer preßten sich fest an den Boden und zielten ins Dunkle hinein.

Wieder herrschte Ruhe. Eine trügerische Ruhe. „Mein Gott, wir können doch hier nicht bis zum Morgengrauen warten", fluchte Neville. „Wartet einmal, ich hör etwas.", rief ein anderer. „Hufgetrappel", sagte ein dritter. Gespannt schauten sie auf den Weg, der aus den Bergen kam. Warum war niemand zu sehen?

*

„Verdammt, sie müssen ganz ins unserer Nähe sein", bemerkte Bernard. Weiter kam er nicht, denn ein heftiger Stich fuhr ihm durch die Brust. Plötzlich waren die Schweden da. Unbemerkt war ein kleiner Trupp weiter östlich über die Wiesen geritten, um schließlich vom Dorf her Neville und seine Schergen anzugreifen.

Der Plan war aufgegangen. Sie hatten den Gegner völlig überrumpelt. Bernard Dutrout lag mit dem Gesicht zum Boden. Ein langer Speer ragte aus seinem Rumpf. Es folgte ein kurzes Handgemenge.

Neville erkannte als einziger die ausweglose Situation. Er schoß mit seiner Pistole den ersten Schweden, der sich ihn in den Weg stellte, über den Haufen und warf sich in den Sattel. Dann verließ er mit seinem Pferd den Weg. So, als sei der Teufel hinter ihm her, galoppierte das Tier über die Felder nach Richtung Westen, wieder den Bergen zu.

Die Schweden versuchten ihn zur Strecke zu bringen. Allein vergeblich. Laut hallten die Schüsse der schwedischen Musketen durch die Nacht, doch verfehlten sie ihr Ziel. „Den müssen wir laufenlassen", stellte

Kalkendorn bedauerlich fest. Heinrich, der Mühe hatte sein Pferd zu zügeln entgegnete laut: „Keinesfalls! Neville ist der Kopf der Bande." Noch bevor der andere antworten konnte, war Heinrich mit seinem Rappen auf und davon.

Was sich nun anschloß, war eine wilde Jagd durch die Nacht. Bald hatte Neville die Höhen der Wöllmisse erreicht und trieb sein Pferd ziellos über Wiesen immer weiter Richtung Westen, geradewegs in sein Verderben hinein. Da nur wenige Bäume und niedriges Gestrüpp das Land bedeckten, verlor Heinrich den Franzosen nie gänzlich aus dem Auge.

Er wußte nur zu gut, daß es für den anderen kein Entrinnen mehr gab. Nur zwei Meilen weiter westwärts führten steile Berge - ja, zum Teil zerklüftete Felsen - hinab ins Saaletal. Nie und nimmer würde er dort hinunter gelangen.

Schon verlangsamte Neville den Schritt seines Pferdes. Bald habe ich dich, dachte Heinrich. Da drehte sich der Teufel um. Im bleichen Mondlicht sah man sein höhnisches Antlitz. Er zielte mit der Pistole auf seinen Verfolger. Laut gellte der Schuß durch die Nacht, doch verfehlte er Görtz. Er lud die Pistole kein zweites Mal, sondern suchte sein Heil erneut in der Flucht.

Nun wurde die Gegend, die vor den beiden Reitern lag, steiniger. Das flache Land verlor sich und Neville lenkte sein Pferd auf einen kleinen Pfad. Das Ende des Plateaus nahte. Immer steiler führte ein Pfad bergab, vorbei zwischen kleinen Felsformationen.

Bald würden diese schroff ins Tal hinabfallen. Schon breitete sich vor ihnen das breite Saaletal aus. Auf dem Ende des Berggrates jedoch erhob sich eine zerfallene Burgruine. Im Schatten der Mauern machte sich dichtes Buschwerk breit. Doch wo war Neville?

Heinrich stieg ab und führte sein Pferd über zerklüftete Felsen auf die Ruine zu. Dort irgendwo zwischen den alten Steinen wartete Neville auf ihn. Weiter ins Tal konnte er nicht. Höchstens zu Fuß.

An einer kleinen Esche band Heinrich den Rappen an. Vorsichtig schlich er durch das Buschwerk.

Da pfiff erneut eine Kugel an ihm vorbei.

Für einen Moment glaubte Heinrich, er hätte sich etwas bewegen sehen; dort, hinter einer der kleinen Schießscharten, die früher die Bogenschützen benutzten. Heimlich schlich er sich um die Ecke.

Tatsächlich! Neville kauerte am Gemäuer und lud die Pistole. Da hielt Heinrich ihm den Degen unter das Kinn. „Es ist aus Neville." „Stoß doch zu, Görtz", höhnte ihm Claude mitten ins Gesicht. „Ich fürchte den Tod nicht."

Heinrich zögerte. Schließlich nahm er Neville die Pistole ab und warf sie quer über den Hof des Palas. „Nehmt euren Degen zur Hand. Man soll mir nicht nachsagen, der Zorn hätte mich übermannt."

„Wie ihr wollt, Görtz", grinste der andere. „Es sei."

Neville sprang auf und wich ein paar Schritte zurück. Zunächst geschah gar nichts. Der Kaufmann dachte gar nicht, anzugreifen. Heinrich sah im Mondschein sein feist grinsendes Gesicht.

„Ich habe euch tatsächlich unterschätzt, Neville", rief er ihm zu. „Das mag sein. Doch euer Interesse für Katherine hat mir einen Strich durch die Rechnung gemacht." Er fluchte kurz auf. „Verdammter Hitzkopf. Warum konntet ihr diese junge Frau nicht vergessen? Hier wird nicht euer Spiel gespielt. Wendet euch wieder euren Studien zu."

„Dafür ist es nun zu spät," entgegnete Heinrich. „Ihr verkennt, daß nicht nur meine Ehre auf dem Spiel steht. Ganz zu schweigen, der von Mademoiselle Katherine."

„Er spielt den Ehrenmann - ich habe es befürchtet. Reichsritter von Görtz spielt den Ehrenmann. Schon an jenem Abend bei Weigel ahnte ich, daß ihr mein Unglück seid, Görtz." Nevilles Grinsen verschwand. Für einen kurzen Augenblick wirkte seine Miene fast reumütig. „Ihr wollt meinen Tod", sprach er. „Nun gut. Doch wisset wohl, daß auch ich zu fechten verstehe."

„Mir soll's recht sein. Euer Glück, daß ihr euch entschieden habt, für diesen Verrat zu bezahlen." Heinrich ging mit dem Degen auf seinen Gegner zu. „Fragt sich noch, wer hier bezahlt", empfing ihn dieser höhnisch. Die Klingen kreuzten ein paarmal. Einige unbedeutende Attacken von beiden Seiten folgten. Als jedoch Neville Heinrich am Arm verletzte, bekam er sofort wieder Oberwasser. „Mich dauert euer junges Leben. Welch sinnloser Tod", spottete er.

„Schwätzt nicht", fuhr Heinrich zurück. „Wehrt euch der Haut, die ich euch abzuziehen gedenke."

Neville wollte gerade wieder den Schlag des Studenten parieren. Doch dieser lenkte einen gezielten Stoß so tief, daß Nevilles Degen ins Leere ging. Der Franzose verlor das Gleichgewicht und geriet zu weit nach vorn. Heinrich nutzte das sofort und ritzte beim Zurückziehen seines Degens dem Gegner so die ungeschützte Brust auf.

Neville taumelte zurück. Seine Hand griff unwillkürlich zur Brust. Blut rann ihm über die Finger. „Das war nicht schlecht für den Anfang", keuchte er. „Waren es solche Manöver, die meine Leute in die Flucht schlugen?" „Bei dieser Übermacht?! Ich wäre nicht hier, ohne dies Können."

Somit nahm er den Kampf wieder auf und attackierte Neville erneut. Der Franzose hieb wie ein Berserker um sich. Er fühlte jetzt wohl auch, daß er der Unterlegene sein würde. Und je mehr er dies fühlte, um so verzweifelter kämpfte er.

In einem unachtsamen Augenblick jedoch durchstach Heinrich die Schulter. Mit brennendem Schmerz fuhr Neville zurück. „Das war gewiß noch nicht alles", bemerkte der Student lächelnd. Die Ironie in seinen Worten traf den Nerv des Franzosen bis ins Mark. „Wollt ihr mir drohen, mit eurem Zauber?" fuhr er seinen Gegner an, wie eine in die Enge getriebene Schlange.

Heinrich zeigte sich gelangweilt. „'s ist sauer verdiente Kunst, Neville, der ich mein Leben in dieser Nacht verdanke." „Nun seid ihr es, der schwätzt. Meine Leute waren Tölpel, nichts weiter. Sie unterschätzten euch." „Ein Fehler..." Weiter kam Heinrich nicht, denn Neville stürzte erneut auf ihn ein.

Schritt um Schritt drängte der Franzose Görtz zurück, der das Spiel scheinbar mitspielte. Seelenruhig wartete Heinrich auf seine Chance. Jedoch war er dabei etwas zu unvorsichtig, so daß er beim Rückwärtsgehen stolperte. Ein verhängnisvoller Fehler, den er bitter bezahlte. Der wuchtig geführte Hieb seines Gegners traf ihn mitten im Gesicht.

Nevilles lachte aus vollem Halse. „Der Kratzer steht euch Görtz. An diesem Schmiß soll euch der Teufel in Zukunft erkennen." Heinrichs Wange brannte wie Feuer. Er fühlte wie sein linkes Augenlid anschwoll. Mit ein paar gezielten Degenstößen, die er bei Kreußler gelernt hatte, hielt er sich den Gegner vom Leib.

Der Franzose wich auf die Mitte des Platzes zwischen den hohen Mauern zurück. Den Degen hoch erhoben gebärdete er sich wie ein Sieger. Langsam kletterte er zwischen den Steinen eine kleine Mauer empor.

Heinrich hatte das Gefühl, Neville im Dunkel der Ruine zu verlieren. Es strengte ihn an, mit dem einzigen noch sehenden Auge die Spuren seines Gegners zu verfolgen. Nur hin und wieder hörte er ihn lachen.

„Nehmt doch die Pistole, wenn ihr denn trefft. Ich geb' ein leichtes Ziel", spottete er. „Wollt ihr so vor Katherine treten. Ihr würdet sie erschrecken." Immer und immer wieder setzte er eins drauf.

Heinrich hockte sich kampfesmüde auf einen Stein. Angenehm linderte die Nachtkühle das Feuer, das in seinem Gesicht brannte. Es war zu spät. Er hatte Neville

entkommen lassen. Aus Leichtsinn? Aus Großspurigkeit?
Das war nun auch egal.

Neville besaß das Geheimpapier. Die Kutsche und
Katherine waren sicher längst auf und davon. Was sollte
er in Jena erzählen, wenn erst der Tod des jungen
Goothard bekannt würde. Nein, die Dinge waren ihm
wahrlich über den Kopf gewachsen. Er fühlte einen
leichten Schwindel im Kopf. Im Zurückfallen, streifte
sein Blick noch den weiten Nachthimmel. Es schien, als
würde eine Gestalt hoch oben auf der Spitze der Ruine
stehen. Der Teufel? Er hörte noch einen lauten Knall,
dann sank er nach hinten.

*

Katherine

Zu dieser Zeit hatte die Kutsche längst jenes Dorf erreicht, das am Fuße des Hochplateaus lag; Rabis. So gegen halb zehn hörte der Knecht des Amtmannes laute Schüsse drüben von den Höhen her. 'Was war das?' Aufgeregt lief er zum Herrenhaus hinüber. „Wilderer, drüben auf der Wöllmisse, Herr." „Sie sind sehr spät unterwegs," entgegnete der Amtmann. „Zu spät, meine ich. Und außerdem wurde aus mehreren Flinten gefeuert. Nein da draußen geht etwas anderes vor. Wenn ich nur wüßte was?" Er starrte tief in sich gekehrt auf den Boden. Der Knecht reagierte nur mit unverständlichem Gemurmel. „Rufe Jakob, den Zollmeister herbei", beauftragte ihn sein Herr. Der andere nickte und stürzte zur Tür hinaus.

Unten im Hof schlugen die Hunde an. Draußen vor dem Gut waren noch etliche Leute auf den Beinen, darunter Jakob, der Zöllner. Der Schein ihrer Fackeln erleuchtete den Platz zwischen Kirche und Gutshaus. Die Bauern waren aufgebracht herbeigelaufen und gestikulierten wild.

„Die Schüsse waren nicht weit von hier", sagte einer. „Vielleicht ist der alte Kalkendorn wieder zurückgekehrt. Er soll gestern angeblich im Nachbardorf gewesen sein", rief ein anderer. „Jawohl, die oben auf der Wöllmisse müßten doch Bescheid wissen", bemerkte ein dritter. Da trat der Knecht durchs Hoftor. „Jakob, du sollst zum Herrn kommen."

Ein finsterer Mann mit langem Graubart trat hervor. Er trug eine lange doppelläufige Steinschloßbüchse über der Schulter. „Will der Amtmann mich in die Nacht hinausjagen? Das war kein Wilderer." „Das weiß ich selbst", fuhr der Knecht grob zurück. Sie stritten noch eine Weile, bis einer der Männer sagte: „seid doch einmal still."

Sofort verstummte das Gerede und sie horchten in die Nacht hinaus. Man vernahm das Getrappel von Pferden. Und... „Ich würde sagen - eine Kutsche", flüsterte Armin, der Zimmermann. „eine Kutsche", fragten entsetzt die anderen und alle starrten gebannt auf den Weg, der von den Bergen her ins Dorf führte. Tatsächlich, konnte man ihre Konturen auf dem Weg erkennen. Jetzt war sie in Höhe des ersten Gehöftes. Die Kutsche war in Begleitung dreier Reiter. Sie sahen nicht aus, als würden sie gutes im Schilde führen. Der erste Eindruck konnte täuschen.

Vielleicht waren sie Räubern oder Wegelagerern zum Opfer gefallen. Doch die Zeiten des dreißigjährigen Krieges lagen lange zurück. Hier in den ernestinischen Landen herrschte nun schon langer Friede. Hin und wieder geisterte ein Wilderer durch die Wälder des nördlich gelegenen Bergplateaus, der Wöllmisse. Aber so etwas?

Die Männer hoben ihre Fackeln höher und drängten sich auf den Weg. Jakob nahm das Gewehr von der Schulter. Tatsächlich - die Kutsche verlangsamte ihre Fahrt. Die Reiter zügelten ihre Pferde. Einer warf einen ängstlichen

Blick zurück. Doch hinter ihnen war nichts als das Dunkel der Nacht.

„Erzählt, was ist geschehen?" rief einer aus der hinteren Menge. Keine Antwort. Die Reiter blieben schweigsam.

Die Pferde im Schritt führend, wollten sie sich einen Weg durch die Menge bahnen. Die Kragen ihrer Mäntel waren hochgeschlagen und der Schein der Fackeln beleuchtete ihre Gesichter. Müde und abgekämpft wirkten sie. Doch ihre Augen. In ihren Augen flackerte eine Unruhe, ja fast Angst, so als ob die Gefahr immer noch nicht vorüber wäre.

Was war da draußen geschehen? Jakob, der Zöllner, glaubte nicht, das ihm diese Männer antworten würden. So wollte er wenigstens das tun, was seine Pflicht war. Was war in der Kutsche? Er drängte sich durch die Menge hindurch, bis er vor dem vordersten Reiter zum Stehen kam.

Das Pferd tänzelte nervös auf der Stelle. Die dichtgedrängten Fackeln beunruhigten es. Im flackernden Licht glänzte der Schweiß auf dem Haarkleid des Tieres.

Fest krampften sich Jakobs Hände um die Büchse. Er fühlte, wie es ihm den Hals zusammenschnürte, als seine Augen die des Reiters trafen. Sie verrieten einem zu allem entschlossenen Mann. Wie einer, der in die Enge getrieben ist, der keinen Ausweg mehr weiß. Das Gesicht war hager und von Narben zerfurcht. Das Kinn, trotz der warmen Nacht, vom Kragen verdeckt. „Ihr seid schnell geritten?" fragte er den Reiter. Der Mann nickte nur unmerklich mit dem Kopfe.

Jakob wartete einen Augenblick. Die Menge wartete verhalten ab. Sie sahen abwechselnd auf den Zollmeister und den fremden Reitersmann. Jakobs Finger tasteten nervös nach dem Hahn seines Abzugs.

„Ihr kommt von Sachsen Weimar herüber?" brachte er mühsam heraus. „Dann müßt ihr Zoll bezahlen. Ich bin der hiesige Zollmeister." Jakob hatte sich vorgenommen, fest und bestimmt aufzutreten. Doch seine Stimme klang brüchig. Das war nicht der Zollmeister, der bei Tage die durchziehenden Kaufleute abfertigte.

Der Fremde überlegte eine Weile. Schließlich griff er ins Innere seines Mantels. Sofort ging ein ängstliches Raunen durch die Menge. Jakob merkte wie seine Hände an der Waffe klebten.

Der Fremde brachte jedoch keine Pistole zum Vorschein, sondern einen Beutel mit Geldstücken, die er dem Zollmeister zuwarf. Dann öffnete er den Mund und sagte. „Genügt das."

Es klang sonderbar. Vielleicht kam er aus dem Rheinland. Oder war er gar ein Franzose? Jakob merkte wie die Umstehenden anfingen auf seinen Beutel zu starren. Vorsichtig lockerte er den Lederriemen. 'Dukaten', dachte er, als er es golden blinken sah. Hastig verbarg er den Beutel unter der Jacke. „Geht beiseite", sagte der Zollmeister nun zu den Leuten. Murrend trat die Menge auseinander. Einige jedoch machten ihrem Unmut Luft.

„Warum läßt du sie laufen", riefen sie. „Die führen doch was im Schilde", bemerkte einer dicht hinter Jakob. Erst als einer sagte: „Viel wirst du nicht von dem Geld behalten können, Zollmeister", reagierte dieser zornig. „Was schwätzt ihr da. Natürlich erhält dieses Geld unser Landesherr."

Der vorderste Reiter ließ sein Pferd traben. Die beiden anderen und die Kutsche folgten ihm. Er gab sich Mühe, die Menge mit Geringschätzung zu achten. Jedoch flackerte in seinen Augen jene gespenstische Unruhe. Aus irgendeinem Grund fürchteten die Fremden die Bauern.

Der erste hatte bereits die Menge hinter sich gelassen, da blickte er sich um. Wo blieben die anderen nur? Die Pferde der Kutsche scheuten, sicherlich wegen der Fackeln. Die Bauern waren neugierig und jeder wollte mit einem Blick erhaschen, was sich wohl im Inneren der Kutsche befände.

„Da schläft eine Frau darinnen", rief ein baumlanger Kerl. Weiter kam er nicht.

Der garstige Zwerg auf dem Kutschbock verzog sein blatternnarbiges Gesichtes. Mit einem lautem Pfiff machte er seine Kameraden aufmerksam. Sein scharfes Auge hatte nämlich zwischen den Gehöften wohlbekannte Schatten entdeckt. Der Zwerg und seine Spießgesellen waren sofort im Bilde. Noch war es nicht zu spät.

Während die Reiter ihren Pferden flugs die Sporen gaben - die Menge wich ängstlich zurück - , schien der Zwerg verloren. Starke Bauernarme zerrten ihn vom Kutschbock hinunter. Der Zwerg wehrte sich jedoch mit Händen und Füßen. Jakob wollte dazwischen gehen, da stach der kleine Kerl zu. Niemand hatte das aufblitzende Stilett bemerkt, das er plötzlich in der Rechten hielt. Der Bauer neben Jakob krümmte sich. Blut tropfte ihm von der Hand. Bereits im nächsten Augenblick war der Zwerg überwältigt.

*

Unten von der Straße her, die zum Nachbardorf führte, rief eine wohlbekannte Stimme: „Laßt sie nicht entkommen." Jakob, der Zollmeister wollte seinen Augen nicht trauen. Er drehte sich um. Das war doch Kalkendorn. Auf einem Fuchs sprengte der verwegene Kriegsmann heran. Fünf Soldaten zu Pferde, bewaffnet mit Musketen, folgten ihm.

Die Bauern hatten zwar erzählt, Kalkendorn hätte im Nachbardorf Zöttnitz ein Schwein gekauft, doch Jakob wollte dem nicht so richtig Glauben schenken. Aber sie hatten die Wahrheit gesagt.

Nun war ihm alles klar. Kalkendorn war seit je her ein Draufgänger gewesen, ein wahrer Tunichtgut. Doch hatte er sich noch nie gegen das Gesetz vergangen; stand loyal zum Landesherrn. Daß er sich bei den Schweden verdingte, war nur allzu verständlich. Oben auf seinem Gut war es nie zum Besten bestellt gewesen. Überall mangelte es am Gelde. Um sich und die Seinen über die Runden zu bringen, mußte Kalkendorn notgedrungen zum Kriegshandwerk greifen.

Seine Leute hatten inzwischen den Platz zwischen Kirche und Gutshaus erreicht. Sie machten keinerlei Anstalten, die geflohenen Männer zu verfolgen. Nun, da sich die

Lage entspannt hatte, trat auch der Amtmann aus seinem Tore hinaus. Er war über alles im Bilde, hatte er doch die Szene vom sicheren Fenster aus verfolgt.

Die zwielichtigen Fremden waren längst über alle Berge. Aber einen, einen hatten sie. Den Zwerg! Zwar hatte er versucht, sich selbst zu erstechen, doch Jakob war es gelungen ihm die Waffe zu entreißen. Wie ein strahlender Sieger betrat der Amtmann den Platz.

Der Zollmeister wollte ihm den Vorgang schildern, doch er würdigte ihn keines Blickes. „Den Beutel Jakob", sagte er nur. „Den Beutel!"

Zähneknirschend reichte er den Beutel dem Amtmann, doch dieser griff ins Leere. „Ein angemessener Lohn dürfte mir gehören", höhnte es laut. „Ihr werdet sonst noch zu fett."

Breit grinste Kalkendorn dem Amtmann ins Gesicht. Dann öffnete er den Lederbeutel und zählte einige der Münzen ab. „Dies genügt dem Hause Kalkendorn. Immerhin verdankt ihr es mir, daß ich die Räuberbande aufschreckte."

Er steckte die Münzen in seine Tasche und warf den Geldsack dem Amtmann hin. Der Körper sackte leicht zusammen, durch die Schwere des Geldes, was den Herrn von Rabis jedoch wieder besänftigte. „Kannst du mir dies hier erklären?" fragte der Amtmann und wies wortlos auf die Kutsche.

„Eine verworrene Geschichte. Ich glaube, hier wird hohe Politik gespielt und es ist besser, daß du nicht viel mehr weißt als ich." Die Augen des Amtmannes weiteten sich immer mehr.

„Geht nach Hause, Leute!" brüllte er wütend. Offenbar hatte ihn Kalkendorns Rede beeindruckt und er fürchtete, die Bauern könnten zuviel erfahren. „Du auch", fuhr er den Zollmeister an. „Nicht bevor ich weiß, ob sich Schmuggelware in der Kutsche befindet", entgegnete Jakob, der Graubart, trotzig.

„Er ist wohl widerspenstig. Nun gut, gehen wir zur Kutsche."

Die Bauern trollten sich, nachdem sie der Amtmann noch einmal angefahren hatte, nach Hause. Kalkendorn war von seinem Fuchs abgestiegen und schritt mit dem Amtmann und den Zollmeister auf die Kutsche zu. „Ihr zuerst", flüsterte der Amtmann nervös. „Wie ihr wollt", sagte der alte Kriegsmann und öffnete die Kutsche.

*

„Eine Frau", sagte Jakob. „Sie schläft? Das mag begreifen wer will." Tatsächlich. Ein junge Frau schlief völlig zusammengesunken auf der Bank. Ihre Haut war sehr blaß; das Haar streng zusammengeflochten und hochgesteckt. Unter den Lidern hatte sie kleine Ringe. Sicherlich die Anstrengungen der letzten Tage. „Görtz hat die Wahrheit gesprochen", murmelte Kalkendorn.

„Was ist mit ihr?" fragte ihn der Amtmann. „Sie schläft."
„Schlafen? Bei dem Krach? Oder ist sie tot?" Kalkendorn achtete nicht weiter auf das Geschwätz des Amtmannes

und sagte zu sich. „Höchstwahrscheinlich haben sie ihr ein Betäubungsmittel gegeben."

Der Amtmann plusterte sich auf und stellte sich vor dem alten Krieger auf. „Ich weiß, daß ihr jeher ein Hitzkopf ward. Aber jetzt seid ihr wohl zu weit gegangen. Wolltet ihr etwa diese Kutsche samt einer schönen Frau rauben?"

„Ihr redet allerhand Unsinn", entgegnete Kalkendorn kühl. „Der schwedische König würde kurzen Prozeß mit mir machen, erführe er von der Sache. Nein, Amtmann, hier wird hohe Politik gespielt. Feinde unseres König, ja, Feinde unseres Glaubens wollten wichtige Geheimpapiere außer Landes schaffen."

Kalkendorn rückte noch näher an den Amtmann heran. Der war schon ganz kleinlaut geworden. Doch konnte er den Blick nicht von den funkelnden Augen des Offiziers abwenden. „Hör zu Amtmann. Ich habe lange im Krieg bei den Schweden gedient", zischte er. „Jetzt will ich auf meine letzten Tage den Frieden hier in der Heimat genießen. Doch hier liegt Verrat, ja Hochverrat in der Luft. Ich rieche förmlich, daß die Franzosen oder die Sachsen einen Krieg gegen Schweden anzetteln wollen. Noch weiß ich nicht, wer oder was wirklich dahintersteckt. Aber ich finde es heraus, seid dessen gewiß."

„Könnt ihr beweisen, was ihr da sagt?" stammelte der Amtmann. Kalkendorns Antlitz verfinsterte sich noch mehr, so daß der andere seine Frage bereits bereute. „Gebt mir Zeit bis zum Morgengrauen", sagte er und schwang sich in den Sattel seines Fuchses.

„Bis Morgen früh um zehn; Kalkendorn", warnte ihn der Amtmann. „Dann müßt ihr mir die Beweise auf den Tisch legen. Sonst werde ich den Herzog informieren." Der Kriegsmann nickte schweigend und faßte die Zügel seines Pferdes. Der Amtmann wandte sich ab und wies mürrisch seinen Knecht an. „Was glotzt du so, Johann. Bringe die junge Dame ins Haus und sorge dafür, daß es ihr an nichts fehlt, sollte sie aufwachen."

Kalkendorn ließ seine Leute den Rückzug antreten. Die Reiter verschwanden in der Nacht aus der sie gekommen waren. Die Kutsche verschwand bald darauf auf dem Hof des Amtmannes und schließlich kehrte der Frieden in das Dorf Rabis zurück.

Als die schwedischen Reiter auf dem Gut Rabis hochoben auf dem Plateau anlangten, fehlte ein Mann. Ihr Anführer. Kalkendorn war an der Stelle, wo das erste Handgemenge stattgefunden hatte, nach Westen abgebogen. Denn er wußte, wenn er dem Amtmann eine Antwort auf seine Frage geben wollte, mußte er jenen seltsamen jungen Studenten aus Jena finden. Wenn ihn der Franzose nicht schon getötet hatte.

*

Der Morgen dämmerte herauf. Heinrich dröhnte der Kopf. Ihm fröstelte. Mein Gott, wie lange hatte er hier gelegen? Es mußte noch sehr früh sein, denn das Gemäuer der Burgruine ragte noch dunkel und finster gegen den Himmel. Ungewollt tastete seine Hand nach dem linken Auge. Er hatte es wohl nicht verloren, doch die Wunde war immer noch geschwollen. Die ganze linke Wange war von geronnenem Blut verkrustet. Sehen konnte Heinrich nur auf dem rechten Auge.

Mit einem lautem Seufzer bemächtigte er sich seines Degens und erhob sich. Er taumelte mehr als daß er ging. An Neville verschwendete er keinen weiteren Gedanken mehr. Der war sicher längst über alle Berge. Mühsam kletterte er die Treppe, die aus dem Pallas herausführte, hinab. Beinahe wäre er der Länge nach hingefallen. Er hielt erst einmal inne und lauschte in die Nacht hinaus. Nichts. Absolut nichts. Nur die Singvögel zwitscherten im Geäst. Unter ihm knabberte ein Pferd zwischen den Felsen an Grasbüscheln herum.

Jäh durchzuckte es ihn. Das war nicht sein Rappe - war Neville noch hier? Er duckte sich und preßte sich gegen den Stein. Neville - dieser Teufel. Eben hatte er noch alles versucht zu verdrängen, doch umsonst. Neville schien allgegenwärtig zu sein. Er wartete eine Weile.

Als nichts geschah, kletterte er vorsichtig weiter. Vielleicht hatte der Franzose ja seinen Rappen genommen. Als er jedoch um die Felsbiegung gelangte, da stand immer noch sein Pferd, so als hätte es die ganze Zeit auf ihn gewartet. Er band es von der Esche los und versuchte aufzusteigen.

Nach drei Versuchen gab er es auf und führte den Rappen am Zügel den kleinen Pfad entlang. Sein Ziel war das Gut des alten Kalkendorn.

*

„Wohin des Weges, Görtz. Zu so früher Stunde", rief es laut hinter Heinrich. Er drehte sich um und gewahrte einen Reiter. Der Mann hatte einen verwegenen Ausdruck, so wie ein Musketier. Hermann von Kalkendorn. Nervös schlug sein feuriger Fuchs mit den Hufen.

Kalkendorn hatte ihn wohl gesucht. „Ihr kommt zu spät. Neville ist mir entwischt. Vergeßt die ganze Sache. So bringt sie uns nur mehr Ärger ein."

„Vergessen? Zu spät! Im Dorf unten haben sie Wind von der Sache bekommen." „In Rabis?" „Die Kutsche. Wir mußten sie verfolgen. In Rabis kam es dann zum Handgemenge."

Langsam trabte der Fuchs auf Heinrich zu. „Neville hat euch ja ganz schön zugerichtet", sagte Kalkendorn lachend. „Seid ihr so schwach, daß ihr nicht mehr in den Sattel steigen könnt?"

„Spart euren Hohn. Viel ärgerlicher ist, daß Neville mit dem Geheimpapier auf und davon ist." Der alte Kriegsmann beugte sich zu Heinrich hinab. „Wollt ihr wissen, was ich zuerst dachte." Er wartete eine Weile und der Student schaute ihn verdutzt an. „Ich glaube, ihr wolltet uns einen Bären aufbinden. Weiß der Teufel, warum ich euch gefolgt bin. Vielleicht weil es meine Männer nach Beute gelüstete." „Ihr haltet mich für einen Lügner." „Mitnichten, Görtz. Mitnichten. Doch sagt selbst. Eure Geschichte klang sehr an den Haaren herbeigezogen. Gesetzt den Fall, ihr wolltet mir gar keinen Streich spielen, sondern eine Falle stellen. Wer weiß..."

„Ich bin müde.", unterbrach ihn Heinrich. „Ist die Kutsche nicht in euren Händen? Befand sich etwa keine Französin in dem Wagen? Und war das Verhalten jener seltsamen Schar nicht im höchsten Maße verdächtig?", fragte er wütend den Kriegsmann. „Das alles hätte unseren König nicht interessiert. Nur dies hier, Görtz", und er hielt ein Papier hoch, „rettet unsere Köpfe."

Heinrich erbleichte. „Woher habt ihr das?" „Mein Leumund ist nicht der beste unten in den Dörfern. Als mich der Amtmann in Rabis fragte, ob ich wohl die Kutsche samt Frau rauben wollte, konnte ich ihm schlecht eure Geschichte auftischen. Mir blieb keine andere Wahl als eurer Fährte zu folgen."

„Aber seid ihr denn Neville begegnet?" „Neville?! Ihr meint eher dem Teufel." „Was ist geschehen?" frage Heinrich entsetzt zurück. „Das sollte ich lieber euch fragen. Nach dem Hieb zu urteilen, den euch der Franzose verpaßt hat, war der Kampf kein Kinderspiel."

Stöhnend winkte Heinrich ab. „Es war meine Schuld. Ich hätte ihn dreimal erledigen können. Aber..." Der Kopf dröhnte ihm immer noch.

Kalkendorn lachte. „Oh ja, die jungen Hitzköpfe. Von denen habe ich schon viele sterben sehen. Werdet bloß nicht Soldat, Görtz." Dann senkte er den Tonfall, beugte sich zu Heinrich hinab und sprach: „Ihr wollt es wissen, he. Nun denn. Ich ritt den Weg, den ihr nach Westen eingeschlagen habt. Es war nicht anzunehmen, daß

Neville zurück nach Jena geflüchtet wäre. So blieb nur noch die Ruine. Es war einfach vorauszusehen, was geschehen würde und Neville, der dieses Plateau nicht kennt, ist wie die Maus in die Falle gegangen. Glück für euch. Pech jedoch, daß ihr ihn laufen ließet."

„Doch warum hat er sein Pferd an der Ruine zurückgelassen?" „Nun, ganz heil war er nicht. Er wäre zwar an seinen Wunden nicht krepiert, aber offensichtlich war er am Ende. Es ist noch keine Stunde her, da traf ich keine Meile von hier einen Mann, der völlig verwirrt über den Weg wankte. Seinen blutbefleckten Degen schleifte er hinter sich her. Er schien mich nicht zu bemerken, obwohl ich direkt auf ihn zu ritt.

Ich erkannte sofort den Mann wieder, der dem Gefecht auf dem Weg entflohen war. Neville! Wild kreisten seine Pupillen umher.

Als ich ihn ansprach, reagierte er nicht und taumelte weiter. Erst als ich ihn nach euch fragte, lachte er höhnisch auf und drehte sich herum. „Görtz, der wollte mich in die Hölle schicken. Nun schmort er vor mir dort." Er blieb stehen und reckte sich. Ich sah seine Verletzung, er mußte viel Blut verloren haben. Doch hielt ihn das nicht davon ab, sich mit dem Degen auf mich zu stürzen. Armer Kerl. Er hatte keine Chance."

„Wo ist er?" fragte Heinrich. „Er liegt nicht weit von hier im Gebüsch. Die Füchse werden ihn sich holen. Doch habe ich mir erlaubt, seine Kleider zu durchsuchen." „Er hatte es, wie ich sagte?!" „Ja, ihr hattet recht, Görtz. Doch nun laßt uns keine Zeit verlieren."

Kalkendorn half dem jungen Mann auf sein Pferd aufzusteigen. Heinrich fühlte sich etwas wohler im Sattel, doch sein Gesicht schmerzte immer noch heftig. Schweigend ritten die beiden Männer durch die aufsteigenden Morgennebel dem Dörfchen Rabis entgegen.

*

„Sie wacht auf! Herr, sie wacht auf." „Herrgott. Was störst du mich? Eil' in die Küche und laß ihr eine heiße Schokolade zubereiten." Der Knecht nickte schweigend und huschte davon. Der Amtmann hingegen öffnete seine große Eichentruhe und suchte eine prächtige Sonntagsperücke heraus. Nur kurze Zeit und er war eitel herausgeputzt wie ein Pfau. So stolzierte er zur Tür hinaus.

Katherine versuchte sich zu erinnern was geschehen war. Wie kam sie nur in dieses Bett? War sie wieder in Frankreich? Nein, diese hölzerne Bauernstube und nirgendwo ein Kruzifix, hier konnte unmöglich ein Katholik zu Hause sein. Es roch herb nach Schafen. Irgendwo draußen hörte man Hühnergegacker. Sie war auf dem Dorfe.

Wie sich die Tür des Zimmers öffnete war Katherine zunächst erstaunt, nicht das Gesicht Nevilles sondern das eines älteren Herren zu erblicken. Er wirkte aufgetakelt, Nasenpuder und Perücke paßten nicht zu ihm. Fast hätte sie laut aufgelacht, doch schnell fiel ihr ihre Situation wieder ein.

Der Amtmann begann sofort auf sie einzureden, aber sie merkte recht bald, daß sich nur hohles Geschwätz hinter seinen Reden verbarg. „Wo ist Neville?" schnitt sie ihn plötzlich das Wort ab. „Wer bitte ist dieser Neville", stammelte er. „Diesen Namen hörte ich noch nie, Gnädigste. Hat er was mit jenen Schurken zu tun, die euch in einer Kutsche gefangen hielten?" „So ist er tot?!" rief sie freudig erregt. „Zwei sind uns entkommen, soviel weiß ich. Nur verstehe ich bis jetzt noch nicht, was sich gestern abend auf unserer Dorfstraße abgespielt hat. Aber Kalkendorn wird es mir erklären."

„Wer ist denn dieser Kalkendorn?" „Oh, Gnädigste, ein rechter Strolch, ein wahrer Tunichtgut. Er kämpfte früher bei den Schweden." „Den Schweden?" „Jawohl, so ist's. Im Heere König Karls. Doch laßt mich weiter sprechen. Gestern Abend hörte ich wie drüben - wo es in die Berge geht - Schüsse fielen. Es war bereits dunkel und mir wurde sofort unheimlich zumute. Bedenkt, Gnädigste. Wohl liegt der grausame Krieg nun schon etwas zurück. Doch die Alten erzählen entsetzliche Geschichten aus jener Zeit.

Nicht lange nach jenen Schüssen bildete sich vor meinem Hause ein großer Menschenauflauf. Einige kamen wohl geradenwegs aus der Schenke. Ich schickte meine Knechte unverzüglich hinaus. Zunächst starrten die Männer nur in die schweigende Nacht. Doch dann kamen sie. Hufgetrappel näherte sich von der Straße, die aus den Bergen herabführte." „Eine Kutsche?" „Ihr sagt es. Begleitet von drei Reitern." „Es waren nur drei?"

„Gnädigste, ich glaube es ist besser für sie, daß sie nicht wissen, was mit den anderen geschehen ist. Wahrscheinlich hat ihnen der alte Kalkendorn die Haut abgezogen."

Katherine seufzte auf. Sicher war Neville wieder entkommen. „Ihr scheint diesen Mann ja sehr zu hassen, Gnädigste?" fragte der Amtmann. „Ihr meint Neville?! Oh ja. Er ist verabscheuungswürdig. Alle hat er getäuscht. Nicht nur mich." Sie zischte noch einige französische Schimpfworte, daß sich die Stirn des Amtmannes in Falten legte.

Um die junge Frau wieder zu beruhigen, wiegte er sachte mit den Händen. „Ich bin sicher, Gnädigste, daß Kalkendorn ihn nicht hat entwischen lassen." Er verschränkte die Hände hinter seinem Rücken und trat ans Fenster. Katherine sah, daß er nervös war. Ständig leierte er mit seinen Daumen herum. Gerade wollte sie ihn darum bitten, sie allein zu lassen, als er erneut zum Sprechen ansetzte.

„Warum wollte euch Neville denn entführen?" Der Ton war ein anderer und das Mädchen wußte nur zu gut, woher der Wind wehte. „Er wollte mich wieder nach Frankreich schaffen, der Schuft." „Ihr seid Hugenottin?" fuhr der andere herum. „Was erlaubt ihr euch?" fauchte sie zurück. „Seid ihr kein rechtschaffener Protestant?" „Nun, das sicher wohl. Doch warum verließt ihr Frankreich nicht damals mit den großen Auswanderungen der Hugenotten. Habt ihr nicht den Tod fürchten müssen, all die ganzen Jahre."

„Ich lebte lange Zeit behütet auf dem Lande", antwortete Katherine. Weiter kam sie nicht, denn das Hausmädchen kam gerade mit der heißen Schokolade zur Tür herein. Der Amtmann machte eine fahrige Bewegung, denn ihn ärgerte die Unterbrechung. „Stellen sie es dahin. Und dann gehen sie, gehen sie", fuhr er das Hausmädchen an. Verstört stellte sie die Schokolade auf einen Tisch, der neben dem Bett stand und verließ das Zimmer.

Katherine setzte sich, langte herüber zum Tisch und schlürfte aus der Tasse. Argwöhnisch behielt sie den Amtmann weiterhin im Auge. „Bringt mich bitte nach Jena - auf dem schnellsten Wege, wie es sich für einen guten Protestanten gehört." Der Amtmann lächelte süßsäuerlich. „Mit Verlaub, das wird nicht gehen. Ihr seid noch schwach und solltet euch erholen." Katherine fühlte, wie der Zorn in ihr hochstieg. „Kennt ihr Weigel?" fragte sie mit brüchigem Akzent.

Der Amtmann tat so als ob er nicht gleich verstünde. „Meint ihr den Gelehrten aus Jena? Ich habe schon von ihm gehört." „Nun dann bringt mich zu ihm. Er wird für mich bürgen."

„Das wird nicht so einfach sein. Jena liegt drüben im Weimarschen. Mein Landesherr ist der Herzog von Altenburg."

„Seid ihr etwa kein Protestant?" „O doch, aber ich werde die Vorgänge, die sich gestern abend abgespielt haben wohl meinem Landesherrn melden." „Das müßt ihr nicht!" dröhnte eine Stimme.

Die Tür ging auf. Zuerst sah man den Knecht. Noch bevor er den Mund aufmachen konnte trat hinter ihm eine Person ins Zimmer. Ein Mann in mittleren Jahren - feste, harte Züge bestimmten sein Gesicht - das Auftreten militärisch. Seine Haut war gebräunt und vom Wetter gezeichnet. Kurzum ein Mann dessen Stiefel ihn schon durch viele Länder geführt hatten mit der Armee des Schwedenkönigs - Kalkendorn.

Sofort stellte Katherine die Tasse Schokolade auf den Tisch zurück. Ihn ihr aschfahl gewordenes Gesicht kehrte Leben zurück. Sie schöpfte neue Hoffnung.

„Ihr müßt der Mann sein, der im Heer der Schweden dient. Um Gottes Willen bringt mich hier raus und führt mich ins schwedische Lager", flehte sie. „Ich halte das für keine gute Idee, Mademoiselle Katherine." „So kennt ihr meinen Namen?" „Und ob. Ich weiß, daß ihr ein armes, betrogenes Geschöpf einer französischen Hugenottensippe seid."

Erstaunen machte sich in dem Gesicht der Französin breit. „Dann habt ihr mit Neville gesprochen?" sagte sie. „Neville?! O ja. Jedoch gesprochen?! Sehr viel vernünftiges war aus ihm nicht mehr herauszubekommen."

„Ich verstehe. Natürlich habt ihr mit ihm gekämpft. Da spricht man nicht viel." „So ist's", tönte Kalkendorn. „Allerdings gewährte mir der Franzose nur ein kurzes Intermezzo. Ich hatte leichtes Spiel, denn ein anderer hatte bereits mit Neville seine Rechnung beglichen. Und glaubt mir, der junge Mann führt einen vortrefflichen Degen."

Katherine tat leicht irritiert. Was meinte Kalkendorn? „Wollt ihr noch mehr wissen, Mademoiselle?" fuhr der alte Krieger fort. „Neville glaube ich, war ein schlauer Fuchs. Aber sicher hat er nicht mit der Zähigkeit eines jungen Studenten gerechnet. Daran seid ihr wohl nicht ganz unbeteiligt. Oder irre ich mich, Mademoiselle Katherine?"

„Sagt nur, er ist Student aus Jena?" „So wird es sein", brummte der alte Krieger. „Görtz?!!" brach es aus Katherine heraus. Diesem Wort folgten jede Menge französische Satzfetzen, die die Anwesenden im Raum nicht verstanden.

Der Amtmann druckste herum. Kalkendorn flüsterte vor sich hin: „Für wahr er würde sich nicht schlecht im Heere Karls machen." Da unterbrach ihn die Französin. „So lebt er?! Und ist er dann nicht hier?" „Ich dachte, ihr wolltet nach Schweden?" lenkte Kalkendorn ab. „Wo ist er?", drängte die junge Frau jetzt erst recht. „Ihr werdet bald andere Wege gehen. Und in Stockholm..." „Wo?" unterbrach sie ihn scharf. „Die Nacht hat ihre Spuren hinterlassen."

Katherine sprang vom Bett auf und rannte auf die Tür zu. Dort stand immer noch mit seiner großen und schweren Gestalt, Kalkendorn. Der alte Krieger mußte sie mit seiner ganzen Kraft abwehren."

„Ist er verwundet?" flehte sie ihn an. „Beruhigt euch Mademoiselle. Es ist unbedeutend." „Warum seid ihr dann allein gekommen?" „Er fürchtet wohl, sein Aussehen könnt eure zarte Seele gar zu sehr verletzen."

„Also ist er hier", stellte Katherine fest. „Mir ist es gleich. Führt mich zu ihm, geschwind." Erneut versuchte sie Kalkendorn beiseite zu schieben. Doch der stand fest wie ein Fels. „Man hat mir oft gesagt, daß auch Franzosen dicke Köpfe haben. Bedenkt, es war sein Wunsch."

Kartherine erschlaffte. „Welch eitler Wunsch", flüsterte sie. „Glaubt Görtz, ich hätte Leid und Kummer nie gesehen?" „So gebt ihm Zeit", antwortete ihr der Krieger. Langsam ging sie zum Bett zurück und setzte sich brav auf die Kante. Der Amtmann schielte zunächst argwöhnisch nach ihr und drehte dann seinen Kopf zur Tür.

„Ist dieser junge Mann der Zeuge, von dem ihr spracht, Kalkendorn?" „Klug geraten. Und obendrein bringe ich euch noch den Beweis, den ihr von mir verlangt."

„Dann ist dieser Neville beim Teufel, wie ich recht vermute?" „Die Seele längst, die Leiche werden sich die Füchse holen." Der Amtmann wandte sich angewidert ab. Katherine seufzte erleichtert auf. Neville war also tot. Der, der sie so lange getäuscht hatte.

„Habt ihr mir nichts zu geben?" unterbrach der Amtmann die Stille. Gemächlich kramte Kalkendorn eine Rolle Papier hervor. Als der Amtmann danach greifen wollte, zog er es jedoch weg. „Was soll das?" erboste sich der andere. „Was glaubt ihr?" lächelte Kalkendorn. „Das Papier ist zu wichtig, als daß es unseren Herzog wirklich interessieren könnte. Aber lest selbst."

Gierig starrte der Amtmann auf das Blatt. Seine Augen wurden größer und größer. Kleine Schweißperlen, die das Puder nicht mehr hielt, begannen sich auf seiner Nase zu bilden. Er erkannte Befestigungsanlagen, Skizzen von Stadtplänen und immer wieder Zahlen. Doch so sehr er sich auch bemühte, er verstand nichts.

„Es betrifft euren König, Kalkendorn." „Den Beschützer des Evangeliums", fügte der alte Krieger hinzu. „Mann, dies sind Staatspapiere von höchster Wichtigkeit. Hätten es die Franzosen oder gar die Kursachsen in die Hände bekommen, so wäre dies ganz und gar nicht gut."

Das Gesicht des Amtmannes nahm immer mehr den Ausdruck geistiger Verwirrtheit, ja fast Blödigkeit an. Er fühlte, wie ihm die Sache den Händen entglitt. Vergeblich machte er einen letzten Versuch.

„Aber ich muß doch die Angelegenheit dem Herzog..." „Unsinn. Gar nichts müßt ihr", brummte der andere. Der Amtmann fuchtelte mit den Armen herum. „Wir befinden uns nicht im Krieg. Weder mit Frankreich, noch mit Schweden." „Aber der Herzog muß an seine Vettern in Dresden denken. Oder wollt ihr euren Stuhl einem Kursachsen abtreten? Bedenkt, August ist auch König von Polen. Und diese Pläne verraten alles über die militärische Stärke der Schweden im Baltikum. Wollt ihr etwa, daß August noch mächtiger wird?" Der Amtmann wackelte unsicher mit seinem Kopf. Er wußte nicht so recht, was er antworten sollte.

Inzwischen hörte man leises Schluchzen aus der anderen Ecke des Zimmers. „Dieses unglückselige Dokument", schluchzte Katherine. „Wegen diesem Fetzen Papier hat Neville die ganze Reise gemacht. Er wußte von Anfang an, daß er diesen Schweden in Jena treffen würde. O Gott, war ich blind. Selbst der alte Weigel ist auf ihn hereingefallen." „Sie brauchen mir die Geschichte nicht zu erzählen. Rondstedt hat für seinen Fehler längst bezahlt und an Neville sollten sie keine Gedanken mehr verschwenden."

„Und er?" Sie sah mit verquollenen Augen den Mann in der Tür an. „Wollt ihr Görtz verschrecken, so verheult, wie ihr seid?" brummte Kalkendorn. Katherine setzte sich sofort aufrecht aufs Bett, die Hand langte nach der Tasse und in einem Zug trank sie ihre Schokolade aus. Beim Verlassen des Zimmers hielt der alte Raufbold sie noch ein letztes Mal zurück. „Laßt mich zunächst mit ihm sprechen", sagte er. Das Mädchen nickte.

*

Nur wenig später stand Kalkendorn in der Küche. Ihm gegenüber saß auf einen Schemel Heinrich Görtz. In einer Ecke schürte die Magd gerade den Ofen.

„Na, hat man euch wieder halbwegs zusammengeflickt", brummte der alte Krieger. „In einer Schlacht wäret ihr nicht so heil davongekommen." „Seid versichert, Nevilles Lehre wird mir ewig bleiben." „Ihr meint den Hieb, den er euch unterm Auge verpaßte?" „Nein, den Stich, den ich im Herz noch spüre." „Der Stich steht draußen, Görtz." Heinrich stöhnte auf. Sie, jetzt - so wie er aussah.

In der Tat zierte ein großer blutgetränkter Verband den Kopf des Studenten.

Kalkendorn wehrte ab.„Ihr wißt ja, wie die Weiber sind. Sie ließ sich nicht abwimmeln." Heinrich erhob sich vorsichtig von seinem Schemel. Unbeholfen schritt er in Richtung Fenster. Sein linkes Auge war völlig durch den Verband abgedeckt. Schließlich nickte er Kalkendorn zu.

„He, mein Kind", rief der alte Kriegsmann der Magd zu, „Es ist der Hitze nun genug." Das Mädchen hatte verstanden und verließ die Küche. Kalkendorn folgte ihr. Herein trat Katherine de Vìte.

Es herrschte Stille. Heinrich stand immer noch am Fenster, nach draußen schauend. Katherine war innerlich aufgewühlt. Wenn er sich doch nur herumdrehen würde. Sie wollte auf ihn zustürzen. Vorhin noch, als sie den alten Kriegsmann drängte, Görtz aufzusuchen, hatte ihr Herz wild geschlagen. Und jetzt! Sie stand wie angewurzelt. Das Wiedersehen verlief anders als erwartet. Warum drehte er sich nicht herum. Es schnürte ihr den Atem zu. Sie wollte ihn fragen, wie schwer er verwundet wäre. Ob sie ihm helfen könne? Nein. Nichts dergleichen. Langsam, ganz langsam tat Katherine einen Schritt hinein in den Raum. „Ohne euch wäre ich auf dem besten Wege nach Frankreich." Nichts, keine Antwort.

„Ihr wißt, daß dort Folter und Tod drohen", flüsterte sie leise. Stille. Immer noch keine Antwort. Er schien wie eine Statue. Eine Statue, die irgend jemand ans Fenster gestellt hatte. „Es ist vorbei. Kalkendorn wird euch sicher nach Stockholm geleiten."

Katherine schluckte. „Und Ihr?" „Was soll sein mit mir?" Seine Stimme klang gelangweilt. „Es läuft jetzt alles so, wie Weigel es vorausgesehen hat. Wünscht ihr etwa, daß ich euch begleite?" „Wäre das so falsch, Görtz?" Kurzes Warten. „Oder wollt ihr mich etwa allein den Händen dieses Haudegens überlassen?"

Er wollte sagen 'Nein'. Statt dessen erstarb das Wort auf seinen Lippen. Er drehte sich herum. „Mein Gott" Sie schlug die Hand vors Gesicht. „Da seht ihr's." Er winkte ab. „Ich war immer dafür, daß ihr noch abwarten solltet. Aber was soll's. Wir sind Neville beide auf den Leim gegangen." „Ihr wollt also nach Jena zurück?" „Ha, nach Jena?" lachte Heinrich. „Das wird gar nicht so einfach sein. Ich denke vor allem an die Toten, die wir in der Schlucht hinter den Bergen zurückgelassen haben. Vor allem der Kutscher war stadtbekannt. Der Fall wird Kreise ziehen." „Wollt ihr etwa hierbleiben?" Er schüttelte den Kopf. „Nein, das hat wohl keinen Zweck. Ihr habt wohl recht. Das beste ist, ich begleite euch. Zumindest bis an die preußische Grenze." „Eure Studien?!" „Jetzt, auf einmal sind euch meine Studien wichtig! Wißt ihr überhaupt was ihr wollt?" Katherine wollte etwas entgegnen, aber er fuhr mit seiner Rede fort. „Was ich brauche, weiß ich. Zudem kann ich jederzeit mit einem Empfehlungsschreiben Weigels rechnen. Und dies ist mehr wert als irgendwelche Examina." „So kommt ihr mit", lispelte sie glücklich und umarmte Görtz. „Das möchte ich ihm auch geraten haben", brummte es im Hintergrund. Kalkendorn war unbemerkt eingetreten.

Er konnte sich immer noch nicht mit dem Gedanken anfreunden, ein letztes Mal nach Schweden zu gehen. Und dann noch mit diesem Papier im Gepäck.

„Wenn der neue König erfährt, in welcher Angelegenheit ihr ihm geholfen habt, wird er euch ewig zu Dank verpflichtet sein. Und darauf mein Wort, Mademoiselle. Ihr werdet mehr als nur einen Geleitbrief erhalten. Karl wird sich großzügig zeigen. Aber dafür brauchen wir diesen jungen Teufel dort."

Heinrich ging nicht darauf ein, sondern fragte nur. „Was ist mit dem Amtmann? Was wird er tun, wenn wir sein Haus verlassen." „Tun?" Kalkendorn runzelte mit den Augenbrauen. „Gar nichts! Was soll dieser einfältige Mann schon tun. Er kuscht vor eurem Stande. Er weiß, daß ich, Kalkendorn, nicht an sein Wort gebunden bin. Er weiß aber auch, wie wichtig das geheime Papier für den König der Schweden ist."

„Habt ihr es ihm etwa gezeigt?" fuhr Görtz aufgebracht auf. „Keine Sorge. Der Trottel kann eh damit nichts anfangen. Mein Wort darauf, die Sache wird vertuscht." „Aber er wird seinem Herzog berichten." „Berichten? Möglicherweise. Wenn die Geschichte im benachbarten Herzogtum Kreise schlägt, muß er es wohl." „Ihr meint drüben in Jena?" bemerkte Katherine. Heinrich nickte. „Also kann uns der Amtmann ja noch gefährlich werden?" entgegnete sie. „Pa!" antwortete ihr Kalkendorn. „Wir sind längst über alle Berge, wenn der Herzog vor Altenburg davon erfährt. Außerdem Kinder, was sorgt ihr euch. Er hat den gleichen Glauben, ganz so wie ihr. Wir sind hier in sicheren Landen. Also Mademoiselle, der Weg nach Stralsund ist offen. Der Zufall hat mehr für euch getan, als es Weigel je konnte." „Der Zufall?! Ihr meint ihn." Sie wies mit den Kopf auf Heinrich.

„Ach ja", brummte Kalkendorn. „Fast hätte ich vergessen, daß ich den ganzen Ärger diesem Gecken zu verdanken habe. Den Degen führt er ja recht gut. Zu schade, daß er der Feder sich verschrieben." „Dazu werd ich so schnell nun nicht mehr kommen", erwiderte Heinrich. „Wenn wir noch länger Zeit vertrödeln, werden wir zu überhaupt nichts mehr kommen", sagte der andere darauf. „Also macht euch fertig, Kinder. Wir reiten heute noch in die Berge hoch." „Und seine Wunden?" fragte Katherine besorgt. Kalkendorn lachte. „Er wird doch wohl mit einem Auge noch sehen, wohin sein Pferd ihn trägt. Könnt ihr denn überhaupt reiten, Mademoiselle?"

Darauf verzog die junge Frau das Gesicht und wandte sich Heinrich zu. Der zwinkerte mit dem heilen Auge und ein Lächeln huschte über sein Gesicht. Zum ersten Mal hatte er gelächelt.

*

Kalkendorns Verrat

Unten im Hof war es zu Bewegung gekommen. Ein Bauer aus dem Dorf war da. Lauthals begann er eine Unterhaltung mit dem Knecht.

Der Bauer war vom Markt aus Jena zurückgekehrt. In aller Frühe war er mit Esel und Karren zur Stadt gefahren, um dort etwas zu verkaufen. Dies tat er einmal in der Woche und natürlich brachte er immer die neusten Meldungen aus der Stadt mit.

Heute früh hatten ihn jedoch schon Zollbeamte in Wöllnitz aufgehalten. Da man sich gegenseitig gut kannte, fragten ihn die Zöllner, ob sich in Rabis oder den umliegenden Dörfern irgendwelches Raubgesindel herumtreibe. Der Bauer verschwieg zunächst das, was sich am Abend des Vortages in Rabis abgespielt hatte.

Dann verrieten sie ihm jedoch, daß sie im Pennickental die Leichen mehrerer Männer gefunden hatten. Darunter die eines bekannten Kutschers aus Jena. Nun erzählte der Bauer vom Auftauchen der seltsamen Kutsche und das man die Räuber mit Hilfe Kalkendorns in die Flucht geschlagen hätte.

Die Zöllner runzelten bei dem Namen des bekannten Raufbolds zwar die Stirn, aber vernahmen mit Freude, daß die Räuberbande aufgerieben war. Trotzdem müßte es eine Untersuchung geben. Dies solle er dem Amtmann von Rabis bestellen.

Katherine und Heinrich waren wieder allein in der Küche des Hauses. Kalkendorn sattelte unten die Pferde und gab seinen Soldaten Anweisungen. Katherine trat zum Fenster. „Glaubt ihr, daß es Schwierigkeiten geben wird?" „Wenn wir schnell sind, nicht", antwortete er. „Und nach Jena können sie uns nicht bringen. Wir befinden uns hier unter der Hoheit des Herzogs von Sachsen Altenburg. Es besteht also keine Gefahr."

Der Bauer war mittlerweile im Haus verschwunden. Wahrscheinlich, um mit dem Amtmann zu sprechen. Heinrich wußte, was dies bedeutete. Natürlich hatte man im Pennickental die Leichen gefunden. Im Stadtrat und an der Universität wird es sicher eine Untersuchung geben. Grund zur Freude allein hätten die Herren Mediziner, die endlich einmal wieder ihre Studien betreiben könnten. Heinrich dagegen würde sich erklären müssen. Es war sicher nicht verborgen geblieben, daß er mit Björn Goothardt und der Kutsche zusammen aufgebrochen war. „Wir müssen uns fertig machen", sagte er. „Ja."

*

Kalkendorn mahnte, keine Zeit zu verlieren. Den Nachmittag und die Nacht verbrachten er und seine Gäste auf dem Gut in den Bergen. Doch als der Tag zu grauen anfing, brachen sie auf.

Die kleine Schar verließ die Wöllmisse in nördlicher Richtung. Heinrich war mit Kalkendorn übereingekommen, auf die Kutsche nicht zu verzichten. Der warnte allerdings davor. Dies könnte im Ernstfall zu viel Zeit kosten.

Ihr Weg war vorgezeichnet. Man wollte in Richtung Zeitz, von dort weiter nach Leipzig, dann Wittenberg bis nach Potsdam. Daran, daß die versprengten Räuber sie verfolgen könnten, dachte niemand.

Tagsüber war es sehr heiß. Der Atem ging schwer in der stickigen Luft. Niemand hatte Lust zu reden. Die trockene Sommerhitze hatte das Gras am Boden verdorren lassen. Nach zwei Tagen hatte man Zeitz hinter sich gelassen.

Vor ihnen lag Leipzig. Es gab viele Reisende, die in die aufblühende Handelsstadt wollten. Kalkendorn war sich aus diesem Grunde auch sicher, kaum ein größeres Interesse an der Grenze hervorzurufen. Es kam auch, wie er vorausgesagt hatte.

Die Zöllner schöpften keinen Verdacht. Wozu sollten sie auch. Es war durchaus üblich, daß Kutschen eskortiert wurden. Obendrein schien die Hitze, die über dem Land lag alle, ob Mensch oder Tier, in eine gewisse Lethargie zu versetzen. Am westlichen Himmel begannen sich erste Wolken aufzutürmen - Vorboten eines nahendes Gewitters. Die Luft wurde immer drückender. Heinrich hielt sich im Hintergrund, um Fragen auszuweichen. Doch alle Bedenken schienen unnötig.

Die Grenze hatten sie passiert, aber keine zehn Meilen weiter - es war noch früher Nachmittag - kam es zu einem verhängnisvollem Mißgeschick. Das hintere Wagenrad brach beim Durchfahren eines Schlagloches. Kalkendorn fluchte. Er war dafür, die Kutsche zurückzulassen. Allein Görtz widersprach ihm erneut. Zum Glück lag ein Gasthof in der Nähe.

„Gut", entschied der alte Kriegsmann. „rasten wir."
„Wäre gar nicht so schlecht", sagte einer der Männer.
„Seht", er wies zum Himmel, „es braut sich was zusammen." „Hmm", brummte Kalkendorn, „gibt Gewitter heute." „Die Pause haben wir verdient", erwiderte Heinrich beruhigt.

Als der Wirt den Wagen sah, schlug er die Hände über den Kopf zusammen. „Da kann ich euch nicht helfen." „Kann er oder will er uns nicht helfen?", erboste sich Heinrich von Görtz. „Das ist doch wohl der Gipfel! Kalkendorn!!" Der junge Mann sprang vom Pferd. Wütend schnaubte er durch die Nase. Nachdem er sich gefangen hatte, schlug er vor, zwei Männer ins nächste Dorf zu entsenden. „Wir brauchen ein neues Rad."

„Von wegen neues Rad", entgegnete Kalkendorn. „Das kann ich selber richten. Kümmert euch um Mademoiselle und wir reparieren dies." „Macht was ihr wollt, Kalkendorn, aber behelligt mich nicht mehr mit dem Kram. Morgen wollen wir weiterfahren." Ärgerlich betrat er, gefolgt von Katherine die Wirtsstube.

Der alte Rittmeister entgegen trieb die zwei restlichen Männer an. „Laßt uns eilen. Sonst holt uns der Blitz."

*

„Wie lange wird es dauern?" fragte Katherine als sie im Gastraum saßen. „Der Alte war lange im Krieg, bei den Schweden. Da lernt man, sich zu helfen. Hoffentlich sind sie fertig, wenn der Regen kommt." „Kennt ihr ihn gut?"

„Wen? Kalkendorn?!" Heinrich wandte sich ab. Draußen verhüllten dicke Wolken das Land. In der Ferne hörte man leises Grummeln. Katherine hatte recht. Kannte er Kalkendorn? Wohl erst ein paar Tage. Aber reicht dies aus, um einen Menschen wirklich zu kennen? Immerhin war es ihm zu verdanken, daß sie Neville zur Strecke gebracht hatten.

„Was habt ihr gegen ihn?" fragte er Katherine.

„Nichts! Aber seit Neville mich so hintergangen hat, fürchte ich die Menschen. Ich habe das Gefühl, jedem zu mißtrauen. Hört ihr, Görtz, jedem!" „Auch mir?"

Sie schwieg. Heinrich fühlte sich müde und erschöpft. Er verstand sie nicht. Hatte er nicht Neville verfolgt? Hatte er nicht Hilfe herbeigeholt, sie vor der gewaltsamen Entführung nach Frankreich gerettet? Hatte sie Rabis bereits vergessen?

Katherine merkte wohl, was er jetzt dachte. Sie wollte ihre Hand auf die seine legen. Sie wollte sprechen; ihre Gedanken hervorsprudeln lassen wie ein Wasserfall. Doch sie schwieg. Kein Stück bewegte sich ihre Hand. Als sie Heinrich endlich antwortete, erschrak sie fast selbst über ihre kalten und so fremden Worte. Ihr weiteres Gespräch verlief einsilbig und oberflächlich. Schließlich verschwand Katherine auf ihr Zimmer.

Heinrich bestellte eine Flasche Wein. „Vom besten den er hat!" herrschte er den Wirt an. Er wollte ein ungutes Gefühl verdrängen, das ihn beschlich.

Schnell trank der junge Mann und hastig. Der Wirt zündete die ersten Kerzen an, denn draußen wurde es immer finsterer. Vom Hof her waren Hammerschläge zu vernehmen. Sie müßten bald fertig sein, dachte Görtz.

*

„Dieses blöde Kantholz ist viel zu morsch. Da werden die Nägel nicht lange halten." Kalkendorn fluchte." „So wird das nichts mit dem Rad", sagte er zu den beiden anderen. „Seht doch mal die Abstände. Solcher Murks ersetzt keine Speichen. Das hält zwei Tage, wenn überhaupt." „Hier tobt gleich der Sturm", bemerkte derjenige, der die Nägel in das Kantholz schlug „Faule Bande", gab Kalkendorn zurück.

Aber der andere hatte recht. Die Sonne war bereits durch eine dunkle Wolke verdeckt. Die Pferde, die unter dem Vordach des Stalls standen, wurden nervös. Dunkler, immer dunkler wurde der Himmel. Schon zuckten die ersten Blitze. Krachend rissen furchtbare Donnerschläge die Wolken auseinander.

„Es wird gleich regnen. Beeilt euch!" „Nur nicht so schnell, Soldat", rief da jemand, der gerade durch das halb geöffnete Tor auf den Hof ritt. Kalkendorn sah reglos auf den Lauf einer Pistole.

Laut schlug der Donner vom Himmel herab. Das Gewitter war jetzt direkt über ihnen. Der Mann am Rad röchelte schwer. Blut sickerte aus seiner Brust.

Vier Reiter waren inzwischen im Hof. „Spiel nicht den Helden. Wir haben keine Chance", rief Kalkendorn dem anderen zu, der nach seinem Degen griff.

98

„Klug gehandelt, Soldat. Ihr habt nicht den Hauch einer Chance." „Ich habe euch unterschätzt", entgegnete der alte Kriegsmann. „Das tun alle. Doch habt ihr Glück. Ich schuld euch Dank, Soldat. Wie ihr's dem jungen Reichsritter erklärt, ist eure Sach'. Vielleicht wird er das Fell euch abzuziehen gedenken."

Kalkendorn bebte vor Zorn. Er mußte Görtz warnen. Aber wie? Welche Schmach. Welche Niedertracht. Diesen Fehler würde er nie wieder gut machen können.

„Ihr seid ein Schwein. Ist das der Dank, daß ich euch euer Leben ließ." „Für welchen Preis, Soldat. Für welchen Preis. Dies Spiel ist ganz nach meinem Sinn." Er lachte. „Und Schuld habt ihr", fuhr er fort, „da euch mein gutes Geld gefiel."

Neville ließ sein Pferd tänzeln. Erste dicke Regentropfen fielen zur Erde. Mit kurzen Worten wies er seine Männer an, dann wandte er sich wieder Kalkendorn zu.

„Wohl wird Görtz den Verrat euch noch verzeihen, die zweite Trennung von seiner Buhle nie!"

Der letzte Satz löste den alten Kriegsmann endgültig aus seiner Erstarrung. Sicher waren sie schon im Haus. Er mußte zu Görtz und ihn warnen. Mit einem kühnen Satz sprang er Richtung Treppe.

Nevilles Schuß verfehlte ihn nur kurz. Dem Franzosen war es nicht möglich nachzuladen, da der Regen das Pulver feucht machte. Kalkendorn nutzte diese Augenblicke zum Handeln.

*

„Herrgott Kalkendorn, wie seht ihr den aus", lallte Heinrich als der Rittmeister kreidebleich in der Tür stand. „was ist mit der Kutsche?" „Vergeßt die Kutsche! Wo ist Katherine?" „Oben" Görtz zeigte mit dem Finger zur Decke. „Was ist?" Die Farbe wich aus seinem Gesicht. „Fragt nicht! Der Teufel ist zurückgekehrt."

Just in diesem Moment tönte ein Schrei durchs Haus. Der Wirt und die anderen Gäste schraken zusammen. Eine unheimliche Atmosphäre entstand im Gastraum. Der Wirt lud seine Pistole und verschanzte sich hinter der Theke.

Heinrich ernüchterte sofort „Kommt mit", schrie er Kalkendorn zu. Krachend flogen Stuhl und Tisch um als er aufstand. Den Degen in der Rechten riß Görtz die Tür zum Flur auf und stürmte die Treppe hinauf. In seiner Wut bemerkte er nicht einmal, daß Kalkendorn in einen Kampf auf der Treppe verwickelt wurde.

Die Tür zu Katherines Zimmer stand sperrangelweit offen. Katherine stand da und schrie nur: „Keinen Schritt weiter, Görtz. Es ist eine Falle!"

Der junge Mann wollte noch innehalten, wollte überlegen. Zu spät. Jemand schlug ihm etwas vor den Kopf, darauf verlor er die Besinnung.

*

Jemand rüttelte ihn. „Görtz! Hört ihr!" Er schlug die Augen auf. Kalkendorn! Sein Schädel fühlte sich entsetzlich schwer an. Das Auge schmerzte. „Könnt ihr mir das erklären, Kalkendorn? Könnt ihr mir das erklären?"

Der alte Rittmeister spürte die tiefe Bitternis, die in diesen Worten lag. „Ich bin ein Schuft. Sollten wir die junge Frau je wieder finden, könnt ihr mit mir verfahren wie euch beliebt. Mein Leben liegt in eurer Hand."

Heinrich, der sich erheben wollte, gefror das Blut in den Adern. „So ist es also wahr?!" „Ja!" Kalkendorn nickte, „ich ließ den schlauen Fuchs am Leben." „Welcher Verrat, Soldat. Dafür sollte ich euch aufspießen. Nur..." Er erhob sich schwerfällig. „Nur sagt, warum?"

Görtz taumelte im Zimmer herum. „Nein sagt, nichts" fuhr er fort. „Er hat euch bestochen!"

Kalkendorn erwiderte nichts. „Schenkte euch der Teufel dreissig Silberlinge." „er flehte mich an, Görtz. Er flehte mich an. Dann gab er mir jenes Schriftstück; gab mir jenes geheime Papier, die detaillierten Festungspläne von Riga. Verdammt, wenn ihr wüßtet. Bei unsereins reicht das Geld hinten und vorne nicht. Viel zahlen sie nicht, die Schweden. Und wir hatten ja, was wir woll..."

„Schweigt!" unterbrach ihn Heinrich scharf „Nun haben wir es nicht mehr! Ich hätte euch fürstlich belohnt, wäre Katherine sicher außer Landes."

„Neville war dem Tode nahe. Wir hatten seine Männer getötet, die Restlichen auseinandergetrieben."

„Wie konntet ihr euch nur so blenden lassen. Neville hat den Sterbenden gemimt." „Der Mann blutete. Ich konnte es nicht übers Herz bringen, als er mir dann zwei Säcke gefüllten Goldes gab."

„Ihr habt die Seele gar teuer verkauft, Soldat." „Ich schwör's, daß er ein zweites Mal mir nicht entrinnt. Und legt er sterbend mir die Welt zu Füßen, ich brächt' ihn um, um diese Schmach zu rächen."

„Schwört nicht", ächzte Görtz, „sonst stechen Nadeln durch mein blutend Herz. Katherine hatte Recht. Dies ist ein Spiel in dem man keinem trauen kann. Nun gut, Kalkendorn. Es ist die Wahl, die ich nicht habe. So seid mein Knecht. Doch auf mein Wort, begeht ihr noch einmal Verrat, so wird euch diese Klinge strafen. Habt ihr die Ehr nun schon verloren, so rettet wenigstens euer kümmerliches Leben." „Dann laßt uns eilen", erwiderte Kalkendorn.

„Sammelt eure Männer, sofern sie noch am Leben sind" „Einer liegt tot im Hof - der andere schwer getroffen in der Stube unten. Die Wirtin kümmert sich um ihn."

„Ihr Blut, das wißt ihr Kalkendorn, es klebt an euren Händen."

Görtz schüttelte den Kopf. Rein mechanisch langte er mit der Hand in die Innentasche seiner Jacke. Es dauerte nicht lange und er war sofort im Bilde. Für einen Moment glaubte er Nevilles Lachen zu hören. Er wurde bleich und sagte: „Dies, Kalkendorn, ist das Ende. Ihr wähltet schnödes Geld - als Dank dafür so erntet ihr den Hochverrat an eurem König, sowie an allen Protestanten."

Heinrich schrie die Worte hinaus. Dann schritt er auf Kalkendorn zu und schlug ihn mit der flachen Hand ins Gesicht. Kalkendorn wankte nicht einmal. Doch er sah alt und müde aus - ja gebrochen. Er wußte um seinen Fehler und hatte ihn gewiß bereits tausendmal verflucht. Doch geschehen war geschehen.

*

Der Wirt empfing sie ärgerlich. Viele Gäste befanden sich noch in der Stube aus Angst vor weiteren Überfällen. Es war bereits weit nach Mitternacht. Längst war das Gewitter weitergezogen. Draußen regnete es nur noch leicht.

„Was ist?" fauchte der Wirt „Was seid ihr für Gäste? Haben uns Räuber überfallen?" „So ist's", entgegnete Kalkendorn „Sie haben es auf unsere Kutsche abgesehen. Nun ist die junge Mademoiselle in ihrer Gewalt."

„Mord und Totschlag in einem ehrbaren Gasthaus und jetzt auch noch das Mädchen. Das ist ja furchtbar! Wollen die Herren, daß ich die Landgendarmerie verständige?" „Jetzt?! Bei dem Wetter? Ihr macht Witze. Das ist frühestens Morgen möglich. Bis dahin sind die Räuber längst über alle Berge. Nein, wir werden euch noch in dieser Stunde verlassen."

Neville hatte ganze Arbeit geleistet. Als die beiden in den Hof kamen war der Platz unter dem Vordach des Stalles leer. Görtz tobte. „Da seht ihr es! Ihr mögt auf dem Schlachtfeld gut sein, Kalkendorn. Aber mit Neville, einem Meister der Intrige, könnt ihr es nicht aufnehmen." Der Rittmeister entgegnete nichts, sondern trat nach vorn und pfiff. Nicht lange und sein feuriger Fuchs trabte durch das sperrangelweite Tor herein. Es hatte sich mit zielsicherem Instinkt in jenem Kampf losgerissen und war in die Nacht hinaus entflohen. „Nun schön, fürs erste haben wir ein Pferd. Glaubt ihr, daß sie die anderen getötet haben." „Dann lägen sie hier. Ich glaube eher, daß sie sie mit sich führen." „Dann laßt uns eilen, ehe der Regen alle Spuren verwischt."

Heinrich wankte nach vorn. Die Kopfwunde unter seinem Verband begann wieder heftig zu schmerzen. Fahrig nestelte er den Verband von seinem Kopf. Dabei riß er die gerade verheilenden Narben auf, doch dies war ihm gleich. Der junge Reichsritter blickte zum Himmel empor, die Tropfen die ihm über die Wangen rannen mischten sich mit Blut und seinen Tränen. Er hatte das Gefühl, als hätte sein Herz aufgehört zu schlagen.

Kalkendorn, der hinter ihm stand erfaßte zitternd die Zügel des Tieres. Er wirkte um Jahre gealtert. Nur mit Mühe erklomm er den Sattel.

„Ich fürchte, es ist aus", ächzte Heinrich. „Kommt, ihr dürft jetzt nicht den Mut verlieren", erwiderte der alte Rittmeister und bot ihm die Hand.

Sie ritten einsam durch die Nacht, den Weg zurück, den sie noch am vergangenen Tag so verheißungsvoll hinaufgekommen waren. Heinrich von Görtz saß mehr tot als lebendig hinter Kalkendorn auf dem Fuchs. Schlecht war ihm - unendlich schlecht. Vergebens versuchte er, seine zwiespältigen Gedanken gegenüber dem alten Kriegsmann zu unterdrücken. Mehr als einmal hätte er ihm sein Rapier von hinten in den Rücken stoßen können. Aber immer wieder zwang er sich, vernünftig zu sein. Es hätte doch keinen Zweck - und so konnte er das

Geschehene nicht ungeschehen machen. Und um Katherine wiederzubekommen und Neville das geheime Papier erneut abzujagen brauchte es des alten Soldaten.

Was war das für eine verfluchte Welt? Er glaubte Neville ein für alle Mal aus dem Wege geräumt, da belehrte ihn der Teufel wider eines Besseren. War es ein Spiel in dem einer - Neville - immer Sieger blieb. Wie eine siebenköpfige Hydra, die es unmöglich ist zu töten. Er war verzweifelt.

*

Der Regen hatte aufgehört. Im Osten keimte ein heller Schimmer in die dunkle Nacht. Nur schwach schimmerte der Mond durch das Dickicht der Wolken. Die Männer froren, schienen beide körperlich am Ende. Es war der Mut der Verzweiflung, der sie noch aufrecht hielt.

„Es wird hell!" rief Kalkendorn. „Seht dort." Vor ihnen lag eine größere Wegkreuzung. Der alte Rittmeister zügelte den Fuchs. Aufmerksam suchten Kalkendorns Augen den Boden ab. Er suchte nach frischen Pferdespuren. „Was ist?" fragte ihn Heinrich. „Waren sie hier?" „Ja", schrie Kalkendorn, „vor nicht allzulanger Zeit. Ich schätze vier bis fünf Stunden." „Worauf wartet ihr dann noch!" fauchte Görtz. Dann überlegte er einen kurzen Augenblick und setzte sanfter hinzu: „Wieviele sind es denn?".

„Schätzungsweise sieben." „Aber warum haben sie dann Katherine mitgenommen. Sie wird sie doch nur aufhalten? Und als Gefangene ist sie Nevilles Leuten völlig wertlos." „Gegenfrage, Görtz! Warum ging Neville bereits beim ersten Mal das Risiko ein, sie mitzunehmen?"

„Was weiß ich", stöhnte Heinrich, „Er wollte sich an ihrer Familie rächen." „Überall auf seinen Wegen legt dieser Teufel seine Schlingen aus. Er geht verdammt berechnend vor. Ich habe eine schlimme Ahnung." „Ich kann euch nicht folgen. Sagt mir welche Ahnung?" „Er wird die junge Frau in gutes Geld umwandeln. Der Sachse ist Kenner schöner Frauen!"

„Verkauft! An König August verkauft! „Oh fürwahr", fluchte Görtz „Der Hund ist gerissen."

Auf einmal vernahmen die beiden ein vertrautes Geräusch. „Hört ihr es auch?" fragte Kalkendorn. Heinrich lauschte. Es kommt dort hinten vom Wald. „Es ist... Es ist ein.." „ein Pferd. Euer Pferd", ergänzte Kalkendorn. Tatsächlich, die Straße hinauf kam der Rappe galoppiert. Laut erklang das Wiehern des Tieres.

Heinrich erhob seinen gebeugten Rücken - die Wunde spürte er kaum noch. Er hatte wieder Mut gefaßt.

*

Das schwache Licht einer Kerze erhellte die kleine Kammer. Die Decke war sehr niedrig, fast wie in einer Bauernstube. Am einzigen Fenster stand ein Mann. Doch er verweilte nur kurz, um gleich darauf unruhig im Zimmer auf und ab zu gehen. Immer wieder durchmaß er die drei Schritte vom Tisch zum Fenster und zurück.

Wenn er nahe dem Tisch stand, für einen Augenblick innehielt, dann beleuchtete die Kerze sein Antlitz. Es zeigte einen aufgewühlten, ängstlichen Kleingeist, mochten auch die feinen Kleider, die er trug, darüber hinwegtäuschen. Nicht, daß Schrecken und Entsetzen zwischen seinen Augen standen, doch sah er aus wie einer, der in dieser Nacht den Teufel erwartete. Die Züge wirkten angespannt. Wohl hatte er lange nicht mehr geschlafen. Von Zeit zu Zeit strich er sich das dünne, strähnige Haar aus der Stirn. Die Perücke lag dicht neben der Kerze.

Es klopfte. Der Mann zuckte jäh zusammen. Der Teufel? „Wer da?" fragte er. Eine ihm wohlvertraute Stimme schien zu antworten. Er öffnete. „Wie lange wird es noch dauern, Baron? Die Leute sind müde" fragte der Eintretende - vermutlich ein Diener. „Üb' er sich in Geduld, Meyer. Wenn sie bis zum Morgengrauen nicht kommen, fahren wir zurück nach Dresden."

Da vernahmen sie Hufgetrappel in der Ferne. „Schnell, geh er zurück auf seinen Platz!" Der Diener verschwand.

Der andere trat hastig zum Fenster und spähte in die Nacht hinaus. Sollte sein Warten endlich belohnt werden? Im Dunkeln konnte man nichts erkennen. Wer aber sollte sonst zu dieser späten Nacht noch unterwegs sein? Immerhin lag der Ort abseits der großen Straße.

Er stürzte zum Tisch zurück. Mit einer fahrigen Handbewegung langte er nach der Kerze.

*

„Darf ich eintreten", fragte eine tiefe Baßstimme mit französischem Akzent. „Macht schnell und laßt uns keine Zeit vergeuden!" ächzte der Baron gehetzt. Die Perücke war vom Tisch verschwunden. Die Kammer füllte sich. „Habt ihr das Papier?" fragte er seine finsteren Gäste. „Sicher", erwiderte die tiefe Baßstimme. Sie klang diesmal nicht so freundlich, wie zu Anfang. „Worauf wollt ihr hinaus? Und wo ist Neville? Warum sollte ich mit euch verhandeln." „Weil Neville leider schon seinen Platz in der Hölle bezogen hat." „Gab es Schwierigkeiten?" „Schwierigkeiten?! Oho!", rief der andere. „Das ist wo sehr milde ausgedrückt. Die Sache ist gründlich schiefgegangen. Die Schweden wissen jetzt von uns." „Herrgott, wie war das möglich? Hat etwa dieser Rondstedt..."

Der andere winkte ab. „Lassen wir das. Rondstedt ist tot. Wenig später sind wir in der Nähe von Jena in eine Falle geraten. Natürlich weil sich irgendso ein Student in die Kleine verguckt hat. Rondstedt hatte ihm die Papiere gegeben." Der Baron wurde leichenblaß „Neville muß verrückt gewesen sein." „Er hat alles auf eine Karte gesetzt und verloren."

„Was ist nun mit Mademoiselle Vite?" „Glaubt nicht, daß wir nicht wissen, was ihr mit Neville besprochen. In Dresden ist sie bestens aufgehoben." „Was sollen die Späße, Franzose?" „Haltet uns nicht zum besten, Baron", erwiderte gereizt die Baßstimme. „Man hört so manches von eurem König. Und ich glaube, daß ihr einen extra Beutel für sie unter eurem Mantel verborgen haltet."

„Seid ihr verrückt. So viel habe ich nicht bei mir!"
„Natürlich!" beschwichtigte der andere. „Leiht es euch von euren Lakeien, die da draußen unnütz Wache halten."
„Das sieht euch ähnlich!"

„Ihr seid ein ehrenwerter Mann, Baron. Doch spielt nicht mit unserer Geduld. Wir sind nicht hier, um lange Erklärungen abzugeben, dazu ist das Blut an unseren Dolchen noch zu frisch."

Dem Baron grauste. Er fühlte, wie ihm ein Kloß die Kehle zudrückte. „Ich sehe, ihr habt verstanden", flüsterte die Baßstimme. „August läßt sich nicht lumpen. Ihr bekommt die Taler dutzendfach zurück. Also habt euch nicht so zickig!"

„Diese Halunken", stöhnte der Sachse auf. „Nun ja. Es sei. Doch nun der Brief aus Schwedenland." „Ihr sollt ihn haben. Doch..." Die Baßstimme hielt kurz inne, „hört ich nicht die Münze klingen..."

Sichtlich mit sich ringend öffnete der Baron seinen Mantel und holte einen Beutel Geldstücke hervor. „Hier nimm!" ächzte er. „Und nun der Brief!"

Der Franzose winkte einen seiner Kumpane heran. „Florence. Gib her das gute Stück." Der Angesprochene reichte der Baßstimme einen Umschlag. Der Baron riß ihm diesen förmlich aus der Hand. Seine Finger zitterten als er ihn öffnete. Sachte trat er nach hinten zum Tisch zurück. Dabei ließen seine Augen nicht eine Sekunde von dem Papier ab. Gierig verschlangen sie im Schein der Kerze den Inhalt. Seine Augen wurden mal weiter, dann wieder kniff er sie listig zusammen.

„Gute Arbeit, meine Herren", sagte er schließlich und schob das Papier in den Umschlag zurück. Er drehte seinen unheimlichen Gästen den Rücken zu, so als ob er die Unterredung für beendet hielt. „Sind wir schon fertig?" fragte die Baßstimme daraufhin. „Oder habt ihr Mademoiselle Vite vergessen?" „Ihr seid ein ganz gemeines Diebsgesindel", schimpfte der Baron böse. „Immer zu euren Diensten", gab der andere schmunzelnd zurück. „Ist es nicht sonderbar, daß der Geldsack, je schwerer er wiegt, von desto weniger sich trennen kann. Dabei geb' jede Wette ich, daß August gut bezahlen wird." „Ich seh' - ich bin in eurer Hand", erwiderte der Sachse mürrisch. „Dies Wort, mein Herr, es zeugt nicht von Humor. Denn wir waren's, die ihre Haut für euch zu Markte trugen. Vergaß dies euer trunkner Kopf bereits?"

„Nun gut. Es sei", klagte der Baron und griff abermals in seinen Mantel. „Soll ich euch einen Krämer nennen? Und wüßte euer König heut davon, er würd' euch in den Kerker werfen lassen. Dies Lächeln vor der Tür ist gut und gern drei Säcke Goldes wert. Doch will ich's heut bei zwei belassen."

Der Baron japste nach Luft. Sein Blick war auf einen der Männer gefallen, der verlegen mit seinem blutverkrusteten Dolch herumspielte. 'O diese Hunde! Nur weg hier', dachte er. „Wären wir dann quitt?" fragte jammernd der Baron. Zerknirscht reichte er dem Franzosen die zwei Geldsäcke und gab diesem ein Zeichen nun zu verschwinden.

„Ihr seid ein Engel", erwiderte die Baßstimme, „seid ihr es doch, der diese Nacht ein junges Leben vor dem Tod bewahrt." „Schurke, ihr wolltet das Mädchen doch nicht etwa..." „Sollt ich sie bis nach Frankreich gar entführen. Die Tat wär' sinnlos glaubt mir das. Man röstet Hugenotten mitunter überm Feuer noch." „Ach, geht zum Teufel!" entgegnete der Baron aufgebracht. Er zitterte aufgeregt.

Nevilles Leute lachten nur. „Zum Teufel", pfiff die Baßstimme, „den seh' ich früh genug. Doch sprecht, welch Gruß gebt ihr ihm für mich mit?"

So gingen sie auseinander.

*

Am Saum des Waldes wartete ein einsamer Reiter. Sein Interesse galt dem Licht, das aus einem nahem Haus drang. Ihn fröstelte. Die Luft hatte sich durch ein starkes Gewitter am Abend abgekühlt. Von den Blättern der Bäume fiel ihm hin und wieder ein Tropfen in die Stirn. Er achtete dessen nicht. Unentwegt blickte er zu dem Haus hinüber. Pferd und Reiter schien von einer teilnahmslosen Starre befallen.

Diese löste sich jedoch, als aus dem Haus eine Schar Männer trat. Gespannt verfolgte er jede ihrer Bewegungen. Die Männer saßen auf. Doch anstatt den Weg zu benutzen, trabten sie langsam auf den Wald zu.

Der einzelne Reiter sprengte hervor. „Und, hat er alles gefressen?" fragte er. „Ihr könnt sicher sein. Ihr seid für die Sachsen so tot, wie ihr es für die Schweden seid."

„Nun nicht für alle, Cambronne. Sicher wird der alte Strolch dem jungen Geck gebeichtet haben. Doch fürcht' ich Görtz nicht einen Fingerbreit. So ohne alles, braucht er keinem Herrn der Welt ins Angesicht zu treten."

Neville lächelte verschlagen. Dann streckte er die Hand aus. „Habt ihr das Geld?"

Der andere nickte „Der Kerl zitterte vor Wut. Doch ich ließ ihm keine Wahl." „Laß die Sprüche", entgegnete Neville, „Es war meine Idee, das Mädchen in klingende Münze umzusetzen." „Euer Glück daß sie euch nicht sah, das Blut wäre ihr in den Adern gefroren." „Merkt euch eins, Cambronne, ich bin tot für die Welt." „Tot für diese Welt, Herr, jedoch nicht für Frankreich." „Dann laßt uns aufbrechen." „Wir sollten den Gäulen die Sporen geben. Ich schätze, bald haben wir diesen jungen Verrückten auf den Fersen." „Seid unbesorgt. Die beiden werden die Spur des Mädchen verfolgen, dessen bin ich sicher." „Ihr seid ein Teufel", gab Cambronne mit seinem tiefem Baß zurück. „Ein Teufel, der es versteht, glänzende Geschäfte zu machen."

Die Franzosen waren längst über alle Berge, da ließ der Baron das Signal zum Aufbruch geben. Langsam setzte sich ein Zug von drei Kutschen und ein Troß von Soldaten in Bewegung. Das Ziel hieß Dresden, die Hauptstadt des kurfürstlichen Sachsens.

*

„Wir haben beide unsere Pferde zurück. Gute Pferde! Aber ob wir sie je einholen?" fluchte Heinrich.

Kalkendorn beachtete den jungen Mann nicht. Er blickte nicht einmal auf. Ganz in sich versunken hockte er am Fuße einer Wegkreuzung und stocherte im Dreck herum. „Sie sind hier entlang", sagte er schließlich, „da bin ich mir sicher." Er erhob sich.

Das hat doch alles keinen Sinn mehr", winkte Heinrich zerknirscht ab.

„Diese Spuren können doch von jedem Kaufmannsgaul stammen." Der alte Kriegsmann faßte Görtz scharf ins Auge. „Ich glaube kaum, daß Kaufmannsgäule so scharf ausgreifen können. Diese Pferde hier sind zügig geritten." Nicht lange nach der Wegkreuzung fand der alte Kriegsmann einen ausgetretenen Seitenweg, der in den Wald führte. Görtz wäre achtlos vorüber geritten. Nicht so Kalkendorn. Sofort zügelte er sein Pferd scharf. „Seht, die Spuren sind frisch und tief durch den Regen eingegraben. Keine fünf Stunden alt. Die Reiter haben die Straße hier verlassen."

„Warum sollten sie das tun?" „Was denkt ihr? Wollen sie die Nähe von Ortschaften meiden?! Sie sind uns schon einmal in einem Dorf in die Falle gelaufen. Aber vielleicht..."

Heinrich wich das Blut jäh aus dem Gesicht. „Meint ihr, sie haben in diesem Wald Katherine ermordet?" „Mitnichten, Görtz, mitnichten. Warum sollten sie? Dann hätten wir ihre Leiche bereits im Wirtshaus gefunden. Nein, ich denke sie trafen sich in diesem Wald mit jemanden."

„Ich kann euch beim besten Willen nicht folgen, Kalkendorn. Nevilles Leute müssen auf schnellstem Wege französischen Boden erreichen." „Vielleicht. Aber nicht unbedingt. Mit Mademoiselle Vite allerdings ausgeschlossen. Außerdem habe ich das Gefühl, das sich unser Puzzle jetzt zusammensetzt."

Kalkendorn wies auf eine deutliche Radspur. „Eine Kutsche?! Auf diesem Dreckweg. Wahrscheinlich liegt hinter dem Wald noch ein Dorf. Hier scheint alles zu passen. Ich bin mir jetzt fast sicher, daß Nevilles Leute in diesem Wald eine hochrangige Person getroffen haben. Und vermutlich..." Er hielt eine Augenblick inne und überlegte, „war das geheime Papier tatsächlich für König August bestimmt."

„Den Sachsen?" Statt auf Görtz' Frage zu antworten schwang sich Kalkendorn wieder in den Sattel „Noch kann ich es nicht beweisen. Laßt uns weiterreiten. Bald werden wir Gewißheit haben. Und Bruder Einauge..." er lächelte verschmitzt, „seid auf der Hut. Es ist finster im Walde. Vielleicht lauert ja eine garstige Klinge auf euer zweites Auge." „Nach dieser Nacht solltet ihr euer Mundwerk im Zaume halten, Soldat", erwiderte Görtz ärgerlich. „Laßt uns eilen!"

Es gelang Kalkendorn, der mit allen Wassern gewaschen war, tatsächlich jene Hütte zu finden, in der keine fünf Stunden zuvor Nevilles Leute mit dem sächsischen Baron Schmegel zusammengetroffen waren. „Hier scheint viel Volk gewesen zu sein, letzte Nacht. Die waren allesamt nicht von hier. Mindestens drei Kaleschen haben hier gestanden. Und seht was ich gefunden habe."

Kalkendorn hielt eine Locke nach oben. „Katherine?" rief Görtz. „Ist euer Blick schon so getrübt? Das ist von einer Perücke! Und wer trägt schon so etwas?!" „Also meint ihr..." Heinrich beschlich ein ungutes Gefühl. „Jawohl. Ich habe es schon die ganze Zeit vermutet." „Die Sachsen!!" „König August persönlich. Und nun überlegt wofür wohl Katherine gedacht."

Görtz war sofort im Bilde. Kalkendorn hatte Recht behalten. Der sächsische König war als Fraueneroberer über die Grenzen seines Reiches hinaus bekannt. Neville hatte es von Anfang an vorgehabt. Er wollte ihn, Görtz, auf eine falsche Fährte locken. Und es war ihm gelungen. Dabei wollte er von Anfang an ein Geschäft mit dem Kurfürsten machen. Aber warum war er dann aus Frankreich bis hierher gekommen. Sicherlich wegen Katherines Beziehungen nach Schweden.

„Dies ist ein Faß ohne Boden", klagte Heinrich bitter. „Hatten wir es bisher mit Neville und seinen Männern zu tun, so steht uns jetzt August mit seiner gesamten Gefolgschaft gegenüber. Das ist das Ende."

„Solange wir nur die Spur einer Möglichkeit haben, sollten wir diese nutzen." „Welche Spur? Den Hofstaat ermorden. Fabelhafter Einfall. So etwas kann nur von einem Soldaten kommen. Ihr hättet Neville töten sollen, anstatt jetzt dergleichen Gewäsch von euch zu geben."

„Also was tun, Herr?" „Reiten wir auf direktem Weg nach Dresden, ist Katherine in der Stadt, werden wir es mit Sicherheit erfahren." „So retten wir das Mädchen, aber nicht die Ehre des Königs." „Die Ehre habt ihr verspielt, Kalkendorn. Versuchen wir wenigstens, das Mädchen den Klauen des Sachsen zu entreißen."

„So laßt uns eilen. Groß ist die Schuld, die ich gegenüber euch trage. Doch unermeßlich, meine Schuld an Katherine." „So ist's . Doch ist heut' kein guter Tag um euch zu richten. Wartet ab, Soldat wie Katherine über euch befindet, weiß sie denn einst die ganze Wahrheit. Vielleicht ist's Tod, vielleicht Vergebung auch."

„So wünsch ich Tod, denn wär' Vergebung größ're Marter mir."

*

Eine rettende Klinge

Dresden - ein paar Tage später. Es war Hochsommer. Die Linden am Elbufer standen in voller Blüte. Unter dem Schatten der Bäume trabten zwei Reiter dahin. „Was wollt ihr tun?" fragte Kalkendorn, „einfach so in das Schloß hineinstürmen?" „Ihr habt Recht", entgegnete Heinrich. „Aber wie soll ich denn jemals in ihre Nähe kommen?" „Wartet ab, junger Freund. Vielleicht erfahren wir auf dem Markt, wie man legal in das Schloß gelangen kann."

„Soll ich einfach zu ihm gehen und sagen: Hier bin ich, gebt Katherine frei. Nein, so nicht! Wahrscheinlich weiß er längst schon wer ich bin."

„Ihr seht Gespenster. So kommen wir nicht weiter." „Ihr habt mir diese Geschichte eingebrockt. Vergeßt das nicht." „Er wird seine Mittel haben, sie zum Reden zu bringen."

„Wohl wahr. Doch wäre Übermut jetzt fehl am Platz. August fürchtet uns nicht. Und einer Dame gegenüber, weiß er stets sich zu benehmen. Schließlich kommt es ihm darauf an, ihre Gunst zu gewinnen. Das ist das Spiel." „Ihr mögt recht haben. Ich hoffe es für Katherine." „Seid unbesorgt. Sie ist keineswegs in Gefahr. Da fürchte ich für euch um so mehr."

„Ihr glaubt, ich hätte den Verstand verloren?" „Allerdings. Was das Mädchen betrifft, gewiß! Und laßt euch gesagt sein: August wird uns aufspießen lassen, wenn er erfährt, daß ihr ihm fast seinen Plan verdorben hättet. Also seid ab jetzt auf der Hut."

Heinrich schwieg. Kalkendorn lenkte sein Pferd in Richtung Markt. „Kommt. Ich bringe euch in dieses Schloß. Dann ist es an euch, euer Blut zu zügeln."

*

Der Zufall sollte Kalkendorn und Görtz tatsächlich zu Hilfe kommen. Die Dresdner Hofgesellschaft liebte es, an den lauen Sommerabenden rauschende Feste zu geben. Besonderen Reiz hatten diese jedoch, wenn farbenprächtige Masken und Verkleidungen das Bild bestimmten. Der nicht auf den Mund gefallene Kalkendorn erfuhr die Neuigkeit von einer Magd, die sie auf dem Wochenmarkte trafen.

Sofort schmiedeten die zwei ihre Pläne. Wie konnte man unbemerkt ins Schloß gelangen? Kalkendorn fand schnell eine sehr einfache Lösung. Kam Heinrich nicht aus adeligen Verhältnissen?! Warum sollte er nicht mit seinem richtigem Namen auftreten? Und Kalkendorn als sein Diener ihn bis zum Schloß begleiten? Der alte Haudegen versprach später am Ufer der Elbe mit drei

Pferden auf Heinrich und Katherine zu warten. Jedenfalls bis zum Morgengrauen.

Und dem Plan folgte die Tat. Man besorgte die passende Garderobe; Kalkendorn verwandelte sich in einen Diener, und schließlich fuhr man mit einer gemieteten Equipage vor das Schloß. Alles lief bestens. Selbst die Sorge jemand könnte bei Heinrichs Wunde am Auge Verdacht schöpfen, erwies sich als unbegründet.

Der alte Kriegsmann spielte seine Rolle hervorragend. Nur die Livree war ihm etwas zu eng. Görtz hatte beim besten Willen keine auftreiben können, die dem riesigen Mann gepaßt hätte.

Sie wurden getrennt.

*

Heinrich, der über wuchtige Marmortreppen und lange Gänge schwebte, fand sich bald im dichten Gedränge eines Saales wieder. Sofort verließ ihn wieder der Mut. O Gott, wie sollte er unter diesen vielen Masken, Katherine herausfinden. Vielleicht war sie auch gar nicht da?

Er mußte unbedingt jemanden finden, der ihm weiterhelfen konnte. Langsam schob er sich durch die Menge und drängte einem der großen Fenster entgegen.

Da merkte er wie eine Hand seinen Arm faßte. Der Schweiß trat ihm hervor. Er war entdeckt. Langsam drehte er sich um.

Eine Dame mit langen kostbaren Kleidern verriet, daß er es mit einer hohen Standesperson zu tun haben müsse. Sein Herz beruhigte sich wieder. „Ihr seid fremd hier in der Stadt?" fragte sie. „Wie habt Ihr das so schnell erraten?" entgegnete Heinrich verblüfft. „Ihr müßt es mir nicht übelnehmen. Doch mittlerweile kenne ich die Leute bei Hofe. Besser, ihre Marotten." „Nun wollt ihr sicherlich wissen, welche Marotte die meine ist." „Habt ihr etwa gedacht, sie gleich zu verraten?" bemerkte sie schnippisch. „Entschuldigt, daß ich euch beleidigt habe", erwiderte Heinrich verlegen. „Es war nicht meine Absicht."

Die Dame schüttelte den Kopf. „Man merkt wohl, daß ihr nicht von hier kommt. Mit wem habe ich das Vergnügen?"

„Mit Verlaub, meine Dame, heute Abend regieren die Masken. So seht den Geck in mir." „Wollt ihr als solcher scheinen. Nun denn, was hat ein Geck vom Lande zu erzählen?" „Er sucht ein Mädchen in der großen Stadt." „Und denkt er, es auf diesem Ball zu finden?" „So glaubt er fest, sonst wäre er nicht hier."

„Dann kommt der Sonne, die dort wandelt, nur nicht in die Quer." Sie zeigte in die Mitte des Saales auf eine große Gestalt, die umgeben von kleinen Gruppen angeregt plauderte. König August! Auch wenn sein Gesicht unter der Maske einer Sonne verdeckt war, es gab keinen Zweifel.

Heinrich war verwirrt. Die Frau schien von Katherine zu wissen. „Der König?!" murmelte er. „Gewiß, seine Majestät. Das habt ihr treffend festgestellt. Doch erzählt weiter - habt ihr gefunden, was ihr suchtet?" „Würd' ich euch sonst um Rat ersuchen?" „Nun ja, es scheint, als ob der Geck die Neugier zu beflügeln weiß. Ist sie schon länger an der Elbe?" „Es kann keine Woche her sein. Und ich fürchte, daß ihr die viele Sonne hier bereits geschadet hat."

Die Dame stieß einen leichten Seufzer aus. „So ist es also." Sie schien verwirrt. „Helft ihr mir nun?" fragte Heinrich.

„Ich glaube, ihr verlangt zuviel. Das Glück müßt ihr schon selber machen." „Um Gottes Willen. Soll ich verlangen, daß ihr Gefahren auf euch nehmt. Es läg mir fern. Sagt nur, ist sie heute Abend auf diesem Fest. Mehr wünscht ich nicht, dann wärt den Geck ihr auf der Stelle los."

„Das war recht kühn. Glaubt er, daß seine Gesellschaft mir nicht angenehm erschiene." „O mit Verlaub, ich wollte euch nicht kränken. Doch sprecht nun, ist sie hier?"

Die Dame hob leicht den Kopf und blickte in den Saal hinein. Die Maske war starr und unbeweglich. Doch die Augen dahinter schienen unablässig über die rauschende Gesellschaft zu gleiten. Heinrich entnahm ihrem Schweigen, daß sie Katherine nicht finden konnte.

Es fiel kein Wort. Was war? Warum sagte sie nichts? Heinrich trat langsam der Schweiß auf die Stirn. Am liebsten hätte er die Maske sofort heruntergerissen.

Hatte Kalkendorn die Unwahrheit gesagt? Wieder einmal? War es vielleicht nur eine fixe Idee von ihm gewesen? Vorsichtig spähte er zu der Gruppe hinüber, bei der der König stand. August schien sich prächtig zu amüsieren. Er lachte lauthals und die Damen kicherten unentwegt. Nein! Von denen konnte keine Katherine sein. Hatte er sie am Ende gar in ein Verlies gesperrt? Oder hielt sie gar in einem goldenen Käfig? Da unterbrach ein Satz die Stille.

„Er fürchtet wahrscheinlich, das Mädchen könnte ihm das Fest verderben...." Ihre Stimme klang beinahe gelangweilt. „Dann sprecht, heißt sie Katherine." „Sie ist Französin, dies ist alles was ich euch sagen kann." „Dann ist sie hier!"

*

Kalkendorn hatte doch Recht behalten. Im Stillen verzieh Heinrich dem altem Soldaten für seinen früheren Fehltritt. Er fühlte sich im Augenblick so stark, daß er sogar den König zum Zweikampf gefordert hätte.

Doch so schnell wie dieses Feuer aufgelodert war, so schnell war es wieder erloschen. Die alten Ängste stellten sich wieder ein und Görtz hatte das Gefühl noch größerer Ratlosigkeit. Sicher, so ein Raufbold wie Kalkendorn, der hätte jetzt genau gewußt was zu tun wäre. Heinrich mußte den gordischen Knoten durchschlagen. Soviel wußte er. Doch wie sollte er das anstellen? Wie immer kam ihm der Zufall zu Hilfe.

„August verläßt uns wohl", bemerkte seine Begleiterin. „Vielleicht haben sie Glück." „Was meint ihr damit?" „Daß ich euch jetzt auch verlasse." „Wo geht denn der König hin?"

„August liebt es, sich zu den unmöglichsten Zeiten im Fechten zu üben. Vielleicht langweilt ihn das Fest. Was weiß ich?" „Dann helft ihr mir?" frohlockte Heinrich.

„Ihr seid ein wahrer Geck. Hört zu! Ich werde den Saal jetzt verlassen. Plaudert mit meiner Zofe, so als wäre nichts geschehen. In einer Weile werdet ihr zusammen folgen." Sie klang gebieterisch und ehe Heinrich etwas entgegnen konnte war sie verschwunden. Ihm schwindelte. Nur schemenhaft nahm er die nächsten Minuten wahr. Die Zofe führte ihn über ein kleinen Gang, eine schmale Wendeltreppe hinab in einen anderen Gang. Dort öffnete sie eines der Zimmer.

„Geht hier hinein. Nein, in dieses." Sie zog ihn noch im letzten Moment weg. Und schob ihn in eine Kammer hinein. Kaum hatte sie die Tür hinter ihm geschlossen, da merkte Heinrich, daß er nicht allein war. Die kalte Spitze eines Degens drückte ihm gegen das Kinn. „Verrat", dies war sein erster Gedanke. „Nur einen Muckser, und ihr seid ein toter Mann", zischelte eine Stimme. „Wenn ihr dazu bestimmt seid, mich heimtückisch zu ermorden, dann tut es schnell." „Redet keinen Unsinn. Mir liegt nichts an unnützem Blutvergießen." „Was versteckt ihr euch dann wie ein Dieb in der Nacht?" „Das gleiche könnte ich euch fragen", entgegnete der andere. „Nun ich bin unbewaffnet." „Woher weiß ich, daß ihr nicht einen Dolch bei euch tragt. Erklärt euch. Der Vorteil liegt auf meiner Hand."

„Das ist wohl wahr", seufzte Görtz. „So sag ich euch, daß ich in diesem Zimmer eine Dame just erwarte." „Auch noch eine Hofschranze?" flüsterte der andere entsetzt. „Schade und ich hätte euch schon fast für einen vernünftigen Kerl gehalten."

„Ihr verkennt mich. Bin ich doch eben so fremd in Dresden wie ihr." „Ihr kommt aus dem Hessischen?" fragte der Mann im Dunkeln plötzlich. „Ich erkenne es an eurer Stimme." „Wenn dem so wäre, solltet ihr den Druck eurer Klinge etwas lockern." „Nun gut", er zögerte einen Augenblick, „ich traue euch."

Heinrich atmete auf als er den Stahl nicht mehr an seinem Hals spürte. Er wußte, was er seinem Gegenüber schuldig war und begann seine Geschichte zu erzählen. Über das geheime Dokument und seinen unwiederbringlichen Verlust verlor er jedoch kein Wort. Sicherlich mußte der Eindruck entstehen, daß es von Anfang an um Katherine ging. Der Fremde fragte ihn jedoch nicht weiter und das Gespräch nahm wieder Erwarten einen völlig anderen Verlauf.

*

„Die Welt ist ein Dorf", begann der andere und lachte finster in sich hinein. „Wer immer ihr seid, wir müßten uns kennen, beim Kreuz." „Dann seid ihr aus Jena?" fragte Heinrich erstaunt. „Erraten, junger Freund", erwiderte dieser. „Und wie es scheint, so habt ihr gut gelernt." „Ihr sprecht in Rätseln." „Dann sprecht, wer lehrte euch den Degen so sicher und gewandt zu führen, daß selbst ein König Mühe hätte zu bestehen."

„Bei allen Teufeln, ihr seid der Kreußler." „Fürwahr, kein andrer." „Wie kommt ihr dann in dieses Zimmer." „Mich treibst nach Dresden, dem hohen Herren die längst fällige Lektion zu erteilen."

Mit Verblüffung hörte nun Heinrich seinerseits dem großen Fechtmeister zu.

„Es ist bekannt, daß es den hohen Herren oft nach Streit gelüstet, so auch August. Ist er doch kräftig von Wuchs, gewandt mit Degen und Rapier. Wohl gibt es wenige, die in Dresden dem König ebenbürtig sind. Wahrscheinlich keinen!

Er ist ein ausgezeichneter Fechter. Doch gibt ihm das noch lange kein Recht, in fernen Landen Händel anzuzetteln. Mit falschem Namen, so trat in Jena er ins Lichte.

Hier ist's bekannt, daß er eine gute Klinge führt. Es ist viel Mut dabei, dem König im Zweikampf zu begegnen. Doch wußten's jene armen Narren damals an der Saale nicht. So ließ er mehr als einen auf dem Platz zurück. Dies nicht genug - er tötete unter falschem Namen. Unter..." „Eurem Namen!" Kreußler nickte.

„So steht's. Ihr wißt, was dies bedeutet.. Und wär ich alt und grau - der Sachse sollt mir nicht ungestraft entkommen. Er ist gebührlich Lohn mir schuldig. Und Görtz...", er schlug Heinrich auf die Schulter, „ich werde auch für euch die Klinge führen. Für die Französin und für euch. Bei Gott, wir werden es schaffen, Görtz."

Er hob den Degen zur Decke empor und schlug ein Kreuz. Dann trat er plötzlich zwei Schritte zurück. „Hört ihr es?" Heinrich lauschte. Tatsächlich. Deutlich war das Waffengeklirr zu vernehmen. Drei oder vier Degen, so schätzte er. „Das ist der König", sagte Kreußler. „Es geht mächtig zur Sache, dort unten im Stallhof. Seine täglichen Übungen, auf die er nicht verzichten möchte."

„Wie wollt ihr unbemerkt bis zu ihm vordringen?" „Ganz einfach. Übers Dach." „Übers Dach?" „Natürlich! Kommt ans Fenster."

Die beiden Männer traten vorsichtig zum Fenster hinüber. Jetzt endlich nahm Heinrich die Silhouette des anderen wahr. Das scharf geschnittene Profil des Fechtmeisters.

Kreußler zeigte durch die Butzenscheibe. Heinrich gewahrte einen großen Innenhof des Schlosses, erleuchtet von Fackeln. Aber keine Menschenseele war zu sehen.

„Ich sehe niemanden." „Wartet." Kreußler öffnete mit einem Ruck das Fenster. Nun war es laut und deutlich; das Geräusch der sich kreuzenden Degen. „Sie sind dort unten." Der Hof war leer. Heinrich sah fragend auf den Fechtmeister. „Ich weiß es", sagte dieser. „Glaubt mir. Sie sind direkt unter uns. Dort befinden sich die Arkadengänge. Da müssen sie sein. Seht ihr das kleine Vordach?" Heinrich nickte.

„Auf jenes werde ich mich herablassen." „Und dann?" „Von dort springe ich und werde August direkt herausfordern."

„Ihr seid lebensmüde. Wenn ihr nicht gewinnt, seid ihr des Todes." Kreußler lächelte. „Glaubt ihr, ich hätte Jena verlassen, wenn August auch nur den Hauch eine Chance hätte."

‚Er spielt mit dem Feuer', dachte Heinrich nur bei sich. „Habt ihr Helfer?" fragte er schließlich. Kreußler verzog das Gesicht. „Nun ja, Görtz, ganz ohne diese geht es nicht. Oder, so frag ich euch, wie kommt ihr in dieses Zimmer?" „Dies stimmt. A..." „Psst", unterbrach ihn der Fechtmeister. „Da hört!" Draußen auf dem Gang hörte man deutlich schlurfende Schritte. Kreußler fiel Heinrich in den Arm. „Meine Zeit ist gekommen. Wünscht mir Glück, Görtz. Ich kämpfe auch für euer Glück - vergeßt dies nicht."

*

Die Schritte kamen näher. Der Fechtmeister erstieg das Fenstersims. Heinrich gewahrte nun, daß er ein Seil zwischen den Händen hielt, daß ihn sicher auf das kleine Vordach bringen würde. Ehe Heinrich auch nur ein Wort sagen konnte, sprang der Fechtlehrer aus dem Fenster. Geschmeidig wie eine Katze kletterte Kreußler über ein Vordach und landete unten im Stallhof.

Tatsächlich erblickte er den König, der sich gleich gegen drei seiner Fechtlehrer zur Wehr setzte. Für einen Moment hielten sie inne. Die vier waren nicht weniger verdutzt als Kreußler selbst. Doch der hatte sich sofort wieder in der Gewalt und machte eine lange Verbeugung vor August.

„Mein König. Es ist mir zu Ohren kommt, daß ihr ein ausgezeichneter Fechter seid. Böse Zungen behaupten gar, ihr hättet unerkannt in fremden Städten Händel angefangen und euch wacker dabei geschlagen."

Der König spitzte die Ohren und schob seine Fechtlehrer beiseite. Er ahnte wohl warum. Kreußler fuhr unbeirrt fort. „Solltet ihr tatsächlich so tollkühn sein, mein König, dann wird es euch sicherlich auch ein Vergnügen sein, gegen mich die Klinge zu führen."

„Willst du mein Leben, Fremder." „Bei Gott, welch Frevel ein erlauchtes Haupt zu töten. Ich will den Kampf, nicht euren Kopf mein Fürst."

Die Fechtlehrer gifteten. Man sollte die Wache rufen und diesen Burschen sofort dem Henker übergeben, so meinten sie. Allein August war immer noch sprachlos. Der Kerl da drüben kam aus dem Thüringischen, soviel war sicher. Ob er von seinen Fechtduellen in Jena wußte? Na ja?! Mut hatte er ja. Vielleicht gehörte er ja zur Kreußlersippe. Eigentlich schade um ihn. Aber warum sollte er ihm keine Chance geben.

„Es sei", sagte er ruhig. „Wir kreuzen die Klingen." „Aber Majestät", wagte einer seiner Fechtlehrer zu bemerken. „Sei er still", schnauzte ihn der König an und versetzte ihm einen unsanften Tritt. Dann schritt er langsam und abschätzend auf seinen Gegner zu.

„Mach er seinen Frieden mit Gott. Denn ohne Zweifel werd' ich ihn durchbohren", brummte er mißtönig. „Wenn dies euch gelingt, mein König? Mein Leben ist euer", versetzte Kreußler listig.

Er stand dem König jetzt direkt gegenüber. August kniff die Augen zusammen und nahm Maß. Dann griff er an. Nach nur wenigen Hieben und Stichen mußte er feststellen, daß der andere nicht nur geschickt zu parieren wußte, sondern auch außerordentlich flink war.

Noch griff er nicht an - verhielt sich abwartend.

August versuchte es mit einer List. Er schlug mit ungezählten wuchtigen Hieben dem Gegner fast die Waffe aus der Hand. Plötzlich schnellte sein Degen blitzartig nach vorn.

Mit der Schnelligkeit einer Schlange zückte der andere ein Rapier und drückte die Waffe des Königs zur Seite. Obwohl August nun ohne Deckung war, verzichtete Kreußler auf seinen Vorteil.

Der König fing an zu kochen. Er drosch nun noch verbissener auf den Fremdling ein. August nutzte sein Rapier nur wenig, da sein Gegner keinerlei Anstalten zeigte seinerseits einen Stoß zu führen. Woher nahm der andere nur diese Ausdauer?

Aber ihm schwebte ein anderer Plan vor. Der König drängte den Fremden immer weiter den Arkadengang hinab. 'Steht er erst einmal mit dem Rücken zur Wand, dann habe ich ihn.' - so dachte er. Noch zwei Schritte.

Für den Augenblick wehrte der Kreußler gezielte Stöße des Königs mit dem Rapier ab. Er merkte schnell, daß ihn August in die Enge getrieben hatte. Es kostete ihn jetzt sichtlich mehr Kraft die Schläge abzuwehren.

Da zielte der König auch schon mit einem schnellen Stoß nach der rechten Schulter des Gegners. Pah, jetzt wird ihm sein Rapier nichts nützen, dachte er. Doch es kam anders.

Kreußler wehrte mit seinem Degen ab.

Auf Augusts Stirn sammelten sich die Schweißperlen. An seiner Kehle klebte die Spitze des Rapiers.

„Bei Gott, so ficht nur ein Kreußler", röchelte er. „Ich gebe mich geschlagen. Was verlangt ihr, Meister." „Mein König es lag mir nur daran, euch eine Lektion zu erteilen. Denn ihr solltet wissen, daß selbst ein Kaiser nicht ungestraft den Namen Kreußler führen darf."

„Gott sei es gedankt, daß ihr hier seid. Es muß der Suff gewesen sein, der mir ein schlechter Diener war. Ich hätte wissen müssen, daß die Ehr euch das höchste ist."

„So ist's sprach Kreußler „Nehmt dies Rapier, mein König. Ich richtet's gegen euch. Eher soll mir die Hand abfaulen, als das ich's einmal noch berühre."

August umarmte den Fechtmeister. „Verrat und feiger Meuchelmord ist eure Sache nicht. Das ahnt ich gleich. Solch einen Mann wie euch, den könnt ich gut gebrauchen."

„Sie kommt und geht - die Gunst. Wer heute teuer ist, kann morgen fallen. Dies, mein König, war nie mein Spiel. Doch mit Verlaub, gewährt mir eine Bitte."

„Dann sprecht, Kreußler. Denn fürwahr, heut legt ich mein Königreich zu Füßen."

„Das ist wohl der Ehre zuviel. Denn König zu sein, ist mein Ding nicht." Der Fechtmeister schüttelte den Kopf und wurde ernst.

„Mir ist zu Ohren gekommen, daß es in Jena einigen Aufruhr gegeben hat. Es gab Tote. Die ganze Sache war - so heißt es - eine Entführung. Eine Entführung einer jungen Frau, einer Französin." „Was habe ich damit zu schaffen?" „Nun bevor ich zu euch ging, traf ich einen jungen Mann, der mir just jene Geschichte erzählte. Er vermutet jene Französin wohl an eurem Hofe. Und er ist sich sicher, sie ist unfreiwillig..."

„Genug!" Augusts Miene verfinsterte sich mit einem Male. Kreußler wußte sofort, daß er über die Grenze gegangen war.

„Ihr seid ein tapferer Mann, Kreußler, daß ihr euch in die Höhle des Löwen begebt. Der junge Mann hat Glück, bei Gott. Ich werde ihm das Leben schenken. Die Frau nicht!"

„So spricht ein schlechter Verlierer, mein König. Wo ist der großherzige August, den die Welt kennt." „Nehmt es, wie ihr wollt, Kreußler. Es ist nicht euer Ding, Fragen zu stellen. Geheimnisse des Staates zwingen mich dazu."

„Ich weiß nicht in welche Geheimnisse die Französin verstrickt ist. Doch fürchte ich, ihr verschweigt mir den wahren Grund. Natürlich ist dies eines Königs Recht." „So ist's, Kreußler. Wir wären quitt. Ich nehme nicht an, daß er meiner Bitte, in Dresden zu bleiben, folgen wird." „Durchaus nicht. Ich verlaß euch noch in dieser Stunde."

*

„Ihr lebt!" Es war das erste was Katherine hervorbrachte. „Ich glaubte euch tot." „Wir hatten Glück. Neville ließ von uns ab." „Neville", flüsterte sie entsetzt, „so war er es doch." „Das haben wir Kalkendorn zu verdanken. Der schlaue Fuchs hat den alten Trottel übers Ohr gehauen. Ich hätte ihm im Zorn fast getötet." „Und nun?" „Wir sind zu spät. Das Papier hat August - nehme ich an. Euch in Dresden zu suchen - das war Kalkendorns Einfall. Damit hat der alte Soldat seinen Fehler zum Teil wiedergutgemacht." „Verzeiht mir, Görtz"; rief Katherine, „Ich war ungerecht zu euch." „Vergeßt das jetzt."

„Das glaube ich auch!" Die unbekannte Dame aus dem Ballsaal war ins Zimmer getreten. Immer noch verbarg eine Maske ihr Antlitz. „Ihr müßt eilen junger Geck, wenn ihr euer Liebchen noch rechtzeitig über die Grenze bringen wollt." Heinrich verwies auf Kreußler. Noch kämpfte der berühmte Fechtmeister gegen den König; noch klang das Geräusch der Degen hinauf.

„Jener Verrückte", entsetzte sich ihre Beschützerin. „Seid froh, daß August mit ihm beschäftigt ist. Glaubt ihr denn, daß er gegen den König gewinnen kann?" „August hat keine Chance", entgegnete Heinrich gelassen.

„Es ist nicht die Zeit für derlei Reden", tadelte ihn die Frau hinter der Maske. „Ihr meint, der König verliert? Glaubt mir, das ändert nichts. Er würde das Mädchen niemals gehen lassen. Doch verschafft euch dieser Verrückte Zeit." Dann wurde sie deutlich; die Stimme barsch. „Geht jetzt. Bevor August erfährt, daß ihr geflohen seid."

Vor der Tür wartete bereits die Zofe auf sie. Lautlos schlichen sie über den langen Gang, dem anderen Ende zu. Dort öffnete sich eine kleine Tür, die wiederum zu einer Wendeltreppe führte.

Nun wies die Herrin ihre Zofe an, die beiden bis zum Ausgang zu begleiten. „Laßt mich zum Schluß noch wissen, wem ich mein Glück verdanke?" fragte sie Heinrich zum Schluß. Die Dame wich jäh zurück. „Es ist besser, wenn es beim Spiel der Masken bleibt. Euer Glück war es, daß ihr mir begegnet seid bei diesem Fest. Ihr habt viel gewagt, junger Geck, die Wunde über dem Auge beweist es wohl. Doch verlaßt diese Stadt noch heute, sonst habt ihr verspielt. Und merkt euch," Sie zögerte einen Moment. „Ich habe euch nie gesehen. Lebt wohl!" Sie verschwand.

Wie Diebe in der Nacht stahlen sich Heinrich und Katherine aus dem Schloß. Dann eilten sie, so schnell sie konnten zum Elbufer. Dort wartete Kalkendorn auf sie. Der Teufelskerl hatte tatsächlich ein drittes Pferd besorgt. „Es ist alles bereit, Görtz!" empfing er die beiden. Von Katherine erntete er nur einen eisigen Blick. Kalkendorn seufzte laut.

Heinrich merkte es wohl. Sicher, Kalkendorns Fehler war unverzeihlich, aber hatten sie nicht Katherine befreit. Sie wird sich schon wieder erholen, dachte er. So verließen sie im Schutz der Nacht die Stadt.

Als sie vor Meißen die Höhen der Elbhänge erreichten, wandten sie noch einmal den Blick zurück. Weit erstreckte sich das Tal zu ihren Füßen. Der Himmel stand voller Sterne und hoch überm Horizont leuchtete die bleiche Sichel des Mondes. Bis zu den gegenüberliegenden Bergspitzen mochten es gut fünf Meilen Luftlinie sein. Dresden war in der Ferne fast nicht mehr auszumachen. Verstreut lagen unter ihnen Dörfer und Gehöfte, darüber die Hänge der Weinberge. Straßen durchschnitten die Felder und Wiesen an den Flußufern. Hier und da führte ein Abzweig in die Berge hinauf.

Da gewahrten sie einen kleinen Punkt, der sich auf einer Straße schnell aus dem Tal bewegte. Kalkendorn, dessen Augen es gewohnt waren, weit über das Schlachtfeld zu streifen, hatte den winzigen Punkt ausgemacht. Und der Instinkt eines Soldaten verriet ihm auch, daß dieser Punkt ein Reiter war. „Das ist der Kreußler, bei Gott", sagte Görtz. „Bald werden die Sachsen von unserer Flucht wissen."

*

Es war nach Mitternacht als sie eine Wegbiegung, gute dreissig Meilen hinter Dresden passierten. Ein kleiner Bach schlängelte sich linker Hand. Das Ufer säumten hochstehende Erlen und weit ausladende Weiden. Auf der rechten Seite erhoben sich sanfte Hügel, bestanden mit dicken Föhren. Dahinter begann wohl der Wald.

Kalkendorn zügelte sein Pferd. „Brrr!" „Meint ihr", fragte Kreußler, „wir sollten hier rasten." „Es ist Zeit zu rasten", entgegnete der andere. „Der Platz ist ideal. Wir haben Wasser und hinter den Hügeln sind wir sicher. Haut euch aufs Ohr. Morgen in aller Frühe reiten wir weiter." „Gut Soldat", nickte der Fechtmeister.

Heinrich lenkte seinen Rappen die Hügel hinauf. Katherine folgte ihm.

Bald verschwanden die vier im Schutze des Waldes. Auf einer kleinen Lichtung hielten die Reiter. Schnell war ein Mantel als Decke ausgebreitet. Es wurde Brot und Wein gereicht.

„Ihr wißt, was ihr getan habt, Kalkendorn?" fragte der Kreußler den Rittmeister. „Es wird Krieg geben." „Es wird immer Krieg geben", erwiderte der andere tonlos. Sie schwiegen. Nur Kreußler lächelte müde. „Begrabt euren Ärger", sagte er endlich. „Ihr solltet Gott für dieses Ende danken."

Der alte Soldat zitterte als Katherine ihm die Weinflasche reichte. „Nun trinkt endlich", hielt der Fechtmeister ihn an. Katherine nickte. Sie hatte ihm verziehen, auch wenn niemand mehr ungeschehen machte konnte, was geschehen war.

*

Glücklich erreichten die vier am nächsten Tag die kursächsische Grenze. Kreußler und Kalkendorn verabschiedeten sich in Naumburg von dem jungen Paar. Während sie schnellsten nach Jena ritten, wandten sich die beiden anderen gen Norden. Bei Heinrich bemerkte man nie wieder, obwohl er Katherine wiedergefunden hatte, das unbeschwerte Lächeln früherer Tage. Das kurze Glück, das den beiden noch gewährt war, endete jäh mit dem Tod Katherines. Sie starb an einem Fieber in der Nähe von Potsdam. Görtz ging vorübergehend nach Hessen zurück, später in die hohe Politik. Doch sein Herz, so hieß es, blieb auf ewig gebrochen.

„Es wird immer Krieg geben" – so die Worte des Soldaten Kalkendorn. Wie Recht er wohl hatte.

Fünfzig Jahre nach dem dreißigjährigen Krieg türmen sich jene unheilvolle Wolken auf, die den Beginn des Nordischen Krieges zwischen Sachsen / Rußland auf der einen und Schweden auf der anderen Seite ankündigen.

Dieser begann 1700 durch den Angriff August, des Starken (König von Polen und Kurfürst von Sachsen) auf die Festung Riga. Es hieß, daß die detaillierten Lagepläne der Festung dem Sachsen zugespielt wurden. Und hier setzt die Geschichte an.

Die Hauptfigur des Romans, Heinrich von Görtz – im übrigen eine historisch verbürgte Gestalt – stolpert rein zufällig in ein Spiel dunkler Machenschaften. Er hilft unwissentlich dem Schweden Rondstedt, der sein Vaterland verrät und dabei auf gute Bezahlung hofft. Statt dessen empfängt Rondstedt den Tod.

Der geplante Handel kommt nicht zustande, denn die Gegenseite – angeführt von dem Abenteurer Claude Neville – denkt gar nicht daran zu bezahlen. Neville, ein finsterer Geselle, entwickelt sich bald zum schärfsten Widersacher Görtz'.

Zumindestens vereint Rondstedt und Neville eines: Beide bemänteln ihre dunklen Pläne mit der ehrenwerten Absicht, die junge Katherine zu ihren Verwandten nach Schweden zu geleiten und sie damit den französischen Hugenottenverfolgungen zu entziehen.

Doch die junge Frau muß recht bald entdecken, daß dies alles nur Fassade war. Neville geht es einzig allein um das geheime Papier, daß Rondstedt mit nach Jena brachte. Die Übergabe sollte bei Weigel erfolgen. Rondstedt führte wissenschaftliche Schriften des Gelehrten Descartes (†1650) mit, denen er das geheime Papier beigemischt hatte.

Die wissenschaftliche Auseinandersetzung Weigels (†1699) mit den Schriften Descartes, berührt die Geschichte nicht weiter.

Unbeobachtet von dem alten Professor Weigel, wollte der Schwede den Handel mit Neville perfekt machen. Doch Rondstedt unterschätzt den Franzosen gewaltig und so kommt alles anders. Sicherlich ist es für Neville ein Risiko seinen Mitwisser wieder nach Schweden ziehen zu lassen. Rondstedt muß sterben.

Allerdings hatte Neville nicht mit der Hartnäckigkeit des jungen Görtz gerechnet. So beginnt das Duell des Guten gegen das Böse, das sich über einen großen Teil der folgenden Kapitel erstreckt.

Immer wieder ist der Franzose seinem Kontrahenten einen Schritt voraus. Das zeigt sich daran, wie sehr den alten Kalkendorn täuscht, der dadurch eine Katastrophe heraufbeschwört. So gelangt die Karte letzten Endes in die Hände der Feinde Schwedens.

Ob dies den Nordischen Krieg ausgelöst hat oder nicht bleibt Mutmaßung. Es wäre vermessen, dies zu behaupten. Historiker jedenfalls belegen, daß sich zum Beginn des 18. Jahrhunderts die Situation zu Ungunsten Schwedens verändert.

Wenn auch Görtz die Jagd nach der Karte verloren geben muß, so gelingt es ihm wenigstens seine Liebe zu retten. Das er sich dabei der Hilfe des Fechtmeisters Kreußlers bedient, wärmt eine alte Sage auf, die über einen Auftritt Kreußlers am sächsischen Hof berichtet.

Bisher erschienen bei BOD

Illustrationen des vierteiligen Romanepos über den schottischen Seefahrer Henry Sinclair. Die Bände sind - einzeln - im Sommer 2001 bei BOD erschienen.